O RIO DAS ALMAS FLUTUANTES

Copyright © 2023
Joel Rufino dos Santos

Todos os direitos reservados
à Pallas Editora e Distribuidora Ltda.

Editoras
Cristina Fernandes Warth
Mariana Warth

Coordenação editorial, projeto gráfico e capa
Daniel Viana

Assistente editorial
Daniella Riet

Revisão
BR75 | Aline Canejo

Este livro segue as novas regras do
Acordo Ortográfico da Língua Portuguesa.

CIP-BRASIL. CATALOGAÇÃO NA PUBLICAÇÃO
SINDICATO NACIONAL DOS EDITORES DE LIVROS, RJ

Santos, Joel Rufino dos
O rio das almas flutuantes / Joel Rufino dos Santos. -- Rio de Janeiro :
Pallas Editora, 2023.

ISBN 978-65-5602-106-5

1. Romance brasileiro I. Título.

23-167336   CDD-B869.3

Índices para catálogo sistemático:
1. Romances : Literatura brasileira B869.3
Eliane de Freitas Leite - Bibliotecária - CRB 8/8415

 Pallas Editora e Distribuidora Ltda.
Rua Frederico de Albuquerque, 56 – Higienópolis
Cep: 21050-840 – Rio de Janeiro – RJ
Tel.: 21 2270-0186
www.pallaseditora.com.br | pallas@pallaseditora.com.br

O RIO DAS ALMAS FLUTUANTES

Joel Rufino dos Santos

SUMÁRIO

Prefácio: Nei Lopes   **6**

O rio que imitou o Nilo   **12**

O egípcio errante   **42**

Estirpe   **80**

A coroa e o laço de fita   **96**

Assassinato   **108**

Noite no cais   **122**

Posfácio: Rogério Athayde   **138**

PREFÁCIO

Prefácio, como definem os clássicos, é o texto de apresentação de uma obra literária, geralmente breve, que pode versar sobre o conteúdo ou sobre a pessoa do autor. E é nesta segunda via que encaminhamos nossa escrita, começando por dizer, como já dissemos em outras ocasiões, que Joel Rufino dos Santos, homem e escritor, não foi um só nem trezentos. Foi mais de mil!

***

Escritor e professor universitário nascido na zona suburbana carioca em 1941, Joel tornou-se conhecido a partir dos anos de 1960, quando participou da elaboração da revolucionária coleção de livros didáticos conhecida como *História Nova*. Por esse trabalho e por sua atuação política, foi diversas vezes recolhido aos cárceres da ditadura militar instituída no Brasil em 1964. Mais tarde, fluente em várias formas de expressão escrita, do conteúdo didático ao romance histórico, incursionou pelo teatro, pelos roteiros de televisão e pela literatura infantil. Professor da Escola de Comunicação da Universidade Federal do Rio de Janeiro (UFRJ), foi também subtitular da Secretaria Extraordinária de Defesa e Promoção das Populações Negras do Estado do Rio de Janeiro (1991-92); presidente da Fundação Cultural Palmares, do Ministério da Cultura — onde implantou as bases do trabalho de legalização dos quilombos remanescentes em todo o Brasil —, e subsecretário de Direitos Humanos e Sistema Penitenciário do governo do estado do Rio de Janeiro, no início da década de 2000.

Autor de vasta e premiada obra no terreno da literatura infantil e juvenil, em boa parte traduzida para o espanhol, teve vários desses títulos publicados em livros e outras mídias no Brasil e no exterior. Em seu conjunto de obras, que se contam às dezenas, incluem-se livros surpreendentes, como *Quando eu voltei, tive uma surpresa: cartas para Nelson* (2000), em que expõe ao filho, então menino, sua amarga experiência nos cárceres da ditadura militar. E, além desses livros, legou ao futuro obras assinadas sob o pseudônimo "Pedro Ivo dos Santos", como forma de burlar a repressão policial durante os "anos de chumbo".

Observemos que — como escreveu o próprio Joel, na apresentação do livro *A lei do santo*, do mestre Muniz Sodré, lançado em 2000 —, no Brasil, a literatura produzida por afrodescendentes vem tanto de escritores que construíram/constroem obra reconhecida, mas divorciada de suas origens ancestrais; quanto de outros que utilizaram/utilizam sua criação como arma ou instrumento na luta contra o racismo e a exclusão. E entre estes, "cujo discurso penetra nas brechas e fissuras do Sistema", nós incluímos o saudoso autor e amigo aqui apresentado.

E dizemos mais, respondendo à reiterada negação da existência entre autores literários afro-brasileiros de escritores ou escritoras que se comparem aos muitos premiados em outros países da diáspora africana, sobretudo nos Estados Unidos: dizemos, em alto e bom som, o nome de Joel Rufino dos Santos. E o fazemos convictos de que, na mente desse inexcedível homem de letras, conviveram, em paz, forças vitais comparáveis às de George W. Williams, o primeiro grande historiador afro-americano, e Carter G. Woodson, o pai da História negra em seu país; mais as de W. E. B. Dubois, o luminar da intelectualidade negra no século XX; de Richard Wright, pioneiro do romance de denúncia contra o racismo; James Baldwin; Amiri Baraka etc.

***

Mesclando as duas facetas principais de seu fazer literário, a de historiador e a de romancista, Joel escreveu e publicou, entre outros, os romances *O dia em que o povo ganhou*; *Quatro dias de rebelião* e, sobretudo, em 1991, *Crônica de indomáveis delírios*, no qual, durante a Revolução Pernambucana de 1817, uma facção rebelde consegue trazer Napoleão, então prisioneiro na Ilha de Santa Helena, no Atlântico Sul, e lhe entrega o comando do exército revolucionário.

Em 2012, com *Claros sussurros de celestes ventos*, o historiador, entrecruzando as vidas de Lima Barreto e Cruz e Souza, tomava emprestados alguns personagens de ambos, como a Olga, de *Triste fim de Policarpo Quaresma*, e a Núbia, de *Broquéis*, continuando suas vidas em novos tempos e lugares, como o da Revolução Paulista de 1932, o do Modernismo e o das Cidades Mortas, da Crise de 1929. E a magia se repete neste *O rio das almas flutuantes*, como agora demonstramos.

Em 2011, numa festa literária na cidade baiana de Cachoeira, ambos fomos tomados pelo mesmo encantamento. Que no autor destas linhas aflorou no poema "Samba em roda de Cachoeira", a ele dedicado e publicado três anos depois. E nele, como agora vemos e compartilhamos, fez com que sua essência voltasse ao Recôncavo, mas levando consigo o "Renascimento Egípcio" do século XIX, simbolizado no personagem *Umar Rashid Bei*, nobre muçulmano transformado pela magia do intrépido Joel num pioneiro da hoje próspera indústria tabagista às margens do rio Paraguaçu.

Em nossa visão, tudo isto coloca o carioquíssimo Rufino, por sua universalidade, no mesmo panteão onde hoje reluzem mestres do realismo mágico, tais como o cubano Alejo Carpentier, o mexicano Juan Rulfo e o colombiano Gabriel García Márquez. Não, por quê?

Claro que sim! Joel Rufino dos Santos, preto carioca e suburbano; gênio da escrita, homem e escritor, não foi um só nem trezentos.

Foi mais de mil!

Nei Lopes
2/1/2023

O RIO QUE IMITOU O NILO

Do seu trono de silício, o Inexistente estabeleceu que as almas dos existentes não sejam variadas como os vestidos de um magazine, mas se dividam em somente quatro, tanto as sábias, a quem nada se possa mais ensinar, quanto as toupeiras, a quem se diz não vá por aí, já conheço as pedras dessa estrada, esse homem não vale a comida que lhe pagaste, mesmo assim vão e depois apelam para o Inexistente, que toupeiras as criou. A primeira alma é a que continua a existir após a morte. A segunda a que se encarna num animal selvagem, logo, se excluem os gatos, as pulgas e as moscas-varejeiras. A terceira é a sombra, que às vezes nos vai à frente, às vezes atrás, às vezes colada, havendo só o cuidado de jamais pisá-la, como fez Pisístrato, caso sobejamente conhecido, ou Adelino, o Sinistro, cujo sofrer interminável se contará um dia. A quarta e última alma é a que existe nos sonhos. Quando cochilamos, ela deixa o corpo para voltar por aí, parece criança metendo o dedo em tomadas, subindo árvores espinhosas, saltando o Grand Canyon, fuxicando com outras almas. O perigo é o corpo acordar de repente, tocou o celular que não era pra tocar, bateu a porta que não era pra bater, a alma dos sonhos não teve tempo de voltar do passeio. A primeira pessoa conhecida a passar por esse transe fatal, morrer sem alma, castigo imposto pelo Inexistente, se chamava Inês, não sabemos em que língua, daí o ditado universal agora é tarde, Inês é morta. Estando perto um feiticeiro, põe este imediatamente um pano sobre o nariz e a boca do morto, vira-o de barriga pra cima, toma outra alma que traz num *pendraive*, tira o pano que o sufocava, embora já morto, impossível explicar esse detalhe, põe as mãos em concha com a nova alma dos sonhos, sopra com vontade para introduzi-la nele. Se a nova alma escapar por entre os dedos do feiticeiro, porém, sem ter tempo de dizer um oi, na sua crueldade e indiferença ao viver, como na origem dos tempos aconteceu a Inês, foge para o alto de um algodoeiro de 100 pés de altura, cerca de 30 metros, e de lá faz fiu-fiu de dois palmos para o infeliz. Manda então o feiticeiro um escravo, um empregado ou um empregado do empregado, se terceirizado, trepar na árvore e capturar a alma dos sonhos. Não dando certo, o sacerdote espalha potes-armadilhas com coisas que a alma dos sonhos gosta, manjares ou carícias ou dólares, e nesses escondem facas e anzóis. Daí sobrarem almas feridas no mundo, tão feridas que prefeririam não existir, pagando às vezes milhões e milhões de euros para voltar ao nada, antes sem alma, é bem verdade, que de alma ferida.

1

Na metade do século 19, quando o Egito ainda era uma província turca, o bei Umar Rashid se meteu numa encrenca. Bei era a opulenta e poderosa autoridade local do império otomano, subordinada ao quediva, ou vice-rei. A Inglaterra, que breve tomaria o Egito dos turcos, começou a fazer isso com agrados interesseiros como o financiamento a Umar Rashid Bei de uma ponte em aço pela metade do preço. Ocorre que a ponte não alcançava a outra margem. Umar não podia devolvê-la, havia superfaturado a compra, pagara comissões, inclusive a do quediva. Poderia doá-la a um país que tivesse um rio com a largura adequada, passando por benfeitor. Pediu ao potenciário que o descobrisse.

— não há nenhum rio com tal largura em nossos domínios.

— quando fala em nossos domínios, está falando dos da metrópole?

— naturalmente, só há esses.

— foi bom lembrar, lhe dou mais três dias para procurar fora.

— é difícil, nossos domínios, quer dizer, os da metrópole, são quase o mundo inteiro.

— esse problema é seu.

Em poucos dias, consultando enciclopédias, geógrafos, marinheiros e ciganos, o potenciário voltou:

— há no Brasil um rio com a largura quase certa da ponte, o que sobra é desprezível.

— onde é o Brasil?

— como sabeis, do lado de cá do Atlântico é a África, do outro, está o Brasil, se não fosse o oceano, se encaixariam como os mosaicos de Luxor.

— irei em pessoa doar a ponte.

— vossa magnificência não precisa ir.

— mas irei, como chama o nosso rio?

— Puçaguarai, algo assim.

***

O Paraguaçu, que desemboca no fundo da baía de Todos os Santos, em nada se parecia ao Nilo, e não precisava de nova ponte, as duas de pedra lhe bastavam para o trânsito de gentes, escravos e animais, mas uma em aço de Plymouth modernizaria para sempre a província. Em carta ao imperador, a câmara de Cachoeira se pronunciou favorável ao recebimento da doação, se resolvia com ela o problema de assaltos e fugas de escravos, contanto que se erguesse uma guarita em cada extremo, com vinte milicianos, pagos pelo tesouro nacional, entenda vossa majestade. Para encaixar a doada, se destruiria a mais antiga das de pedra. As seções sobrantes seriam repassadas à câmara da vizinha Santo Amaro, onde corria um rio mais estreito.

Cinco anos e meio se levou em tratativas diplomáticas e burocráticas. No embarque das oitocentas e setenta peças em que a ponte foi dividida, o bei foi ovacionado e perguntou ao potenciário se não vira uma certa mulher entre os populares.

— sumiu.

— como assim sumiu?

— não a encontraram em casa, nem no mercado.

— nem no porto?

— nem aí.

— foi embora do Egito?

— é provável.

O bei fez a cara de menino que o potenciário conhecia há vinte anos. Era o único que podia lhe falar sinceramente, sem risco de castigo:

— não devia sofrer por essa mulher, é feia, desonesta, pouco inteligente, péssima dona de casa, péssima mãe; não sei o que vê nela, costuma sentar com estrangeiros para beber, calça sandálias, o cabelo lhe cobre metade do perfil, nunca vos deu atenção, nem dará.

— e se a buscarem no quartinho do porto? Lá se abriga quando partem navios.

— vossa magnificência não me ouviu.

— repita.

— essa mulher não vale nada, se ainda vive, está longe daqui.

— há de me procurar um dia.

— duvido.

— de onde vem o teu pessimismo?

— do seu estranho caráter.

***

A comitiva partiu de Alexandria em cinco navios grandes. O do bei, além de altos funcionários, levava comerciantes, cada um com mostras de seus produtos, panos de lã, cânhamo-do-nilo, frutas cristalizadas, tecidos vaporosos, colares de falso jade, narguilés de latão, essências de pêssego, goma-arábica e, supondo que houvesse algum rico de bom gosto por aqui, brincos de marfim e chifres de elefantes esculpidos. Outro, artistas, cada qual com apetrechos de sua arte, máscaras, cítaras, harpas, tamborins, lambiscos, ordívias, cabaças do Sudão. Por sugestão do potenciário, fariam na província distante daquele país selvagem um desfile do touro Ápis. Daremos, disse ele, um espetáculo completo de nossa magnificência.

— quando diz "nossa", fala de Istambul?
— por um lado, sim, respondeu o potenciário.

Era magro, cor de azeitona velha, careca, voz fina. Já o bei era corpulento, peludo, estrábico.

***

O comboio fez aguada nas colunas de Hércules, passou Gibraltar, embicou para o sul, em Serra Leoa, se meteram no golfão para a travessia do oceano. Vinham pelo mar de longo há uma semana, os conveses escorregadios de uma gosma largada por peixes-voadores, quando nuvens escureceram a sudeste, gotinhas geladas respingaram os viajantes, vagas cada vez mais fundas ameaçaram engolir os navios. Foram amarrados os animais de quatro patas, o touro Ápis com as cordas mais grossas. Fosse, contudo, pela violência da tempestade, fosse por o terem amarrado como a cara de quem o amarrou ou, ainda, pela razão de que esse touro terá um papel iniludível na história que mal começa, trombou o corpanzil contra a jaula, quebrou-a, vindo a esmagar o marujo incumbido de cuidá-lo, na alegria e na dor. Já-El era o seu nome, mas podemos esquecê-lo, nenhum papel terá nessa história, nem era querido de seus colegas, sendo mesmo provável que, vigorando ainda naqueles tempos o costume de sacrificar um marinheiro ao oceano, sobre ele recairia a sorte dos dados. Mal era conhecido dos seus iguais, não passava de um felá caído num alçapão no dia da partida, de nada lhe adiantando choramingar que tinha filhos e pais idosos, sua sorte estava atada ao touro negro de estrela branca na testa.

Ápis trazia o ser nas guampas, penou alguns dias e noites até o bei mandar amortalhá-lo e atirá-lo nas águas agora lisas. O oceano, discursou o potenciário, é o único túmulo digno de um touro nilótico. Menos, pediu o bei, continuaria vivo se não berrasse tanto. E o que fazemos dos chifres partidos?, indagou o capitão. Ficam juntos, o que se pode interpretar como vão juntos com o corpo, ou ficam juntos os dois chifres, distinção que interessa ao seguimento desta história.

***

A meia milha da boca do Paraguaçu, avistaram um barco branco com muitos homenzinhos de chifre na amurada.

— são salamandras, explicou o capitão, à distância parecem diabinhos, infestam a enseada de Sunda, a oeste de Sumatra. Há uns dez anos apareceram na Bahia. Não guardam o barco, mas as almas que lá vão presas.

— e por que estão presas essas pobres almas, irmão capitão?

— são almas flutuantes, imagine se volteiam por aí.

— gostaria de vê-las de perto, pediu o bei.

— nos arrependeríamos para sempre, disse o capitão.

— há aqui toda sorte de feiticeiros, atalhou o potenciário.

— ótimo, disse o bei, nos sentiremos em casa.

— Allahu Akbar.

Entrando no rio, os acompanhou por muito tempo um cheiro doce subindo das margens.

***

A montagem da ponte levou trezentos e quarenta e quatro dias e custou dois afogados e três esmagados por viga. A câmara de Cachoeira, com os habituais discordantes, pôs doze casarões à disposição da comitiva redentora da Bahia. Os negociantes egípcios distribuíram, de propaganda, suas especiarias e amostras. Montaram duas fábricas de charutos, cada uma com vinte e dois escravos e mestres capatazes alugados de fazendeiros. Com pouco tempo açambarcaram toda folha quebrada ou furada que se jogava fora. Enrolavam-nas, banhavam os rolos em melaço de cana, envolviam-nos em couro e exportavam para a África, onde valiam ouro. Tiveram imitadores pelo Recôncavo, mas estes chegavam atrasados à concorrência. Os falidos apelaram ao presidente da Bahia, que sugeriu recorrerem a São Gervásio dos Fumantes. Diariamente as portas da Bahia, Egypt & Co. amanheciam com despachos.

As alegorias para a procissão de Ápis, os cetros, os estandartes foram guardados no porão da câmara, junto com ladrões de gado, acorrentados a pedido do potenciário, zeloso das peças, pálios, estandartes, lanças, falcões, jaguares, chacais e até leões empalhados. O bei ordenou que arranjassem um touro da terra. Será difícil, falou o potenciário, os daqui são mirrados, seus chifres nunca passam de dez centímetros e, puta merda, nunca se ouviu falar de um touro com estrela branca na testa, nos colhões ou no rabo. Problema seu, disse o bei. Um fazendeiro informou que no caminho do rio São Francisco, correndo a oeste, encontraria animais de porte e chifres decentes; o potenciário foi ver, não gostou. Outro jurou que ao sul, no caminho dos diamantes, encontraria os maiores do país, o potenciário viajou até lá, chegou em dia de feira em Rio de Contas, assistiu a um assassinato a facão, achou tudo parecido com Sharm el-Sheikh, no Sinai, mas quanto ao bois achou-os parecidos a bodes gigantes.

— eu bem disse a vossa magnificência que não sacrificasse o nosso touro só por quebrar os chifres.

— tinha razão.

— e vos disse que manda a tradição embalsamar o touro. Cambises Segundo enlouqueceu porque não o fez.

— Cambises era persa, não merece pena.

— há uma solução, felizmente a caveira foi guardada pelos marinheiros, fazemos um corpo e uns cornos de madeira e, no dia, metemos dentro uns escravos da terra.

— e por que não os servos da nossa comitiva?

— não aceitariam, Ápis é deus.

De fato, quando o potenciário ordenou aos seus mamelucos fazerem um Ápis de mentira, cinco desertaram; já lhes sobravam motivos. Dos que ficaram, nenhum trabalhava com madeira. Se concorda vossa magnificência, podemos consultar um egípcio exilado nessa terra sobre algum escravo ou preto livre habilidoso. De má vontade, o conterrâneo, cuja história se saberá adiante, levou o potenciário à casa do macumbeiro artesão Mamum. Já na porta enxergou as salamandras que viram nas bordas do navio fundeado na boca do Paraguaçu.

— eram exus como estes, explicou Mamum, ainda bem que não se aproximaram.

— levarei uma dúzia deles de presente para o bey, mas o que me traz aqui é saber se pode nos fazer em vinte dias um touro oco de pau e um par de chifres.

Quando o potenciário voltou ao terreiro para pegar a encomenda, teve uma notícia ruim. O artesão morrera ao beber querosene por cachaça, mal desperto no meio da noite, ou envenenado por um parente. O potenciário tinha medo de defuntos, não temia fantasmas, almas do outro mundo, mas morto em si, cadáver, restos mortais, despojos. Vivera em Cartum, onde os velhos se perfumam abundantemente para enganar o cheiro de cadáver que já serão. Perguntou à viúva pela encomenda. Ela servia café. Fale com meu filho Ramiro, apontou. O filho de Mamum era ruivo. Não se preocupe, as encomendas passarão para meu tio Lázaro, disse o rapaz. Era pra hoje, se queixou o potenciário. Então deve estar pronto em outro lugar, talvez em casa da Judite. Ramiro chamou uma das mulheres de Mamum chorando ao pé do morto. Sim, disse ela, tem um boi de madeira no meu quintal. A quem vou pagar?, perguntou o potenciário.

— o morto repartiria o pagamento em três, disse Ramiro, da quarta mulher em diante já não têm direito.

Pediu a um moleque levar o estrangeiro à casa de Judite, na rua de baixo.

***

A procissão foi armada trezentos metros além da ponte. Nas duas margens se acotovelavam as classes em trajes correspondentes, guarda-sóis, assentos, liteiras com cortinas de oleado, cadeiras de arruar, um palanquim carregado por dois chins, as mulheres de leques do Pará, os oficiais de medalhas, os senhores em redes do Catolé. Do camarote principal, o bei e sua corte, o presidente da câmara e o da província viam, de binóculo, a procissão se aproxima vencendo a água vagarosa. Um velho coronel enxugou as lágrimas. Graças, pai onipotente, por me deixar viver e assistir à glória da Bahia.

O prolator, assim denominado o responsável pelo sucesso do cortejo, pelo desfilar em si, a ritualística, o bom estado das alegorias, a atmosfera mística impalpável e, por último, ou por primeiro, a saúde de Ápis que, na ocasião, lhe saíra das atribuições, pois, lembremos, o touro morrera em pleno Atlântico, dele restando somente a caveira, o prolator, como dizíamos, era um dos marujos que dera às de vila-diogo com medo da profanação. O potenciário fez, então, o papel do prolator. Dispôs tudo com meticulosidade, segundo vira fazer desde menino ao chegar ao Egito como eunuco. Ensaiou cada admonitor, aquele que faz lembrar, assim se chamava o participante do desfile, com o chicote na mão, que sua fala fina e sua pele quase amarela desmoralizavam. Aceitou uma sugestão dos negros, uma rodilha vermelha entre os cornos do boi de pau, a que se coseu uma estrela branca de seda, mas recusou outra, um dos enormes exus do falecido Mamum vindo com sua língua vermelhuda de fora na última ala. Tudo pronto, a cem metros da ponte o potenciário-prolator se largou a cavalo para assistir a sua obra do palanque oficial. Saiu melhor que a encomenda, lhe sussurrou o presidente da câmara, vendo se aproximar a barcaça. Quando a procissão estava a cinquenta metros, o bei chamou o potenciário a um canto.

— Allahu Akbar, me explique uma coisa, o rio está calmo, sem vento, por que Ápis balança?

— está dançando, não é balanço.

— pouco me importa que o boi dance, suspirou então o bei, é o preço da nossa dominação do mundo, os mais primitivos costumes contaminam nossa civilização.

— a vida é jogo, pode ser dança também.

Para acalmar o senhor, o potenciário lhe deu a informação que guardara:

— vi a mulher ontem, na pedra do cais.

***

Não sei, confessou o bei, antes de dormir, que estranha *magia seu corpo irradia, que me deixa louco assim, não sei, seus olhos castanhos profundos estranhos que mistérios ocultarão*, esse teu corpo *tem um gosto amargo*, que eu vivo sempre a sofrer, *por teu amor, por teu amor, mulher.*

— mas vossa magnificência nunca a beijou ou tocou.
— não tenha essa certeza, e se a encontro de noite, quando toda luz se apaga?
— no porto?
— por que precisa saber onde?
— como potenciário, zelo pela segurança de vossa magnificência.
— muitas vezes, de madrugada, me encapuzo e vou encontrá-la na taberna à direita do cais, então, a lanterna bruxuleia e joga fantasmas no chão de fora.
— se começais com poesia, já não vos creio.
— ela se levanta, seja com quem estiver, me dá a mão, passeamos até que os astros se apaguem e ainda os procuramos pelo céu deserto.
— histórias.
— acho que já não a amo, mas talvez a ame.
— tenho cá uma teoria.
— a antiga? olha que te proibi de repeti-la.
— creio que essa não é uma mulher determinada.
— foi o que disseste a meu pai, quando te pegou com minha mãe.
— e ele acreditou.
— descobriu que não eras capado, como te venderam, não te castigou, apenas mandou fazer

o serviço que pensava fora feito, cortando agora no baixo ventre.

— não me fez falta.

— o quê?

— o que cortou, e não me fazer falta prova que eu não desejava vossa mãe, eu precisava somente da mulher.

— qual?

— minha mãe.

— te apraz a filosofia, não a mim, boa noite, retira-te.

— uma última questão prática: descobri que o fugitivo da conspiração contra vosso pai é o egípcio que vive aqui.

— e daí?

— remeta-o a ferros para o Cairo.

— o que ganho com isso?

— vossa magnificência não, mas a memória de vosso pai, que jurou garroteá-lo.

— tu nada entendes de pai, não podes sê-lo desde que o meu te pegou com minha mãe.

— a não ser, disse o potenciário, que vossa alteza seja meu filho.

O olhar do bei se rarefez:

— combinaremos depois a prisão desse rato.

— não é um rato, apesar de socialista, ensina filosofia, vive de brisa nessa terra de ogros.

— por ora, te aviso, se disseres a alguém que podes ser meu pai, te capo uma segunda vez.

— não vejo como, senhor.

— agora em sentido figurado.

— não há nisso sentido figurado.

— falemos então do rato liberal; ele sabe que sou filho do bei que me antecedeu?

— certamente, mas não se escondeu, talvez anseie por ser garroteado.

— ninguém sob a face da terra deseja castigo igual.

— ele talvez sim, carrega a culpa da liberdade.

— tu, como eu, gostas de poesia.

O bei enfiou o pijama, enquanto o escravo lhe ajeitava os travesseiros.

— essa conversa sem pé nem cabeça me tirou o sono, me diga por que me aconselhas a esquecer essa mulher.

— porque vossa magnificência não a encontra onde quer que vá, ora a descreve de cabelo escorrido, ora crespo, ora de pele claríssima, ora tendente ao escuro, ora de tornozelos de portuguesa, ora de finos como as etíopes, essa de que falais, desde que chegamos aqui, igualmente não é bonita, nem honesta, nem inteligente.

— como as hundus que se veem sob as pontes do Nilo?

— ou na fábrica de charutos que montamos aqui, são da mesma raça etíope, se as observar.

— desde quando observo escravas?

2

Com os anos, Umar Rashid Bei se abaianou, embora continuasse a usar em cerimônias o chapéu vermelho de cone. A moda do narguilé se deveu a ele, fez um périplo dos principais engenhos do Recôncavo ensinando a usá-lo, Tendes a ponte, só vos falta os hábitos do século. O potenciário, mais atento que o bei, sugeriu não vender aos pretos os narguilés de latão, importados, mas os de cipós entrançado e tubo de mamona, melhores para maconha que para tabaco. Escravos de boa situação, alguns possuindo eles próprios seu plantel de escravos, aderiram, no entanto, à nova moda. À boca da noite, na rua da feira, sob uma jaqueira enorme, faziam fumaça entre partidas de dominó e gamão, atirando moedas, de tempos em tempos, a molecas que vinham rebolar ao ritmo de um tantã. Afora isso, continuava a rotação lentíssima do viver cachoeirano.

Umar Rashid Bei adquiriu engenhos, milhares de escravos, fundou mais três fábricas de charutos de segunda, produzindo para a costa dos escravos, e uma pequena, fabricando do de primeira para a Europa. Lá uma vez sentia saudade do Cairo, de Istambul onde fora menino, das odaliscas que o desvirginaram, mas, com a cabeça a prêmio pelo trambique da ponte inglesa, nunca teve coragem de voltar. O sagrado e o profano, indiferentemente, contavam com seu sonante socorro. Não ia a efemérides, mas abria a bolsa. Deu de presente ao convento carmelita um Cristo de Macau com seis lágrimas de esmeralda correndo cara abaixo. À festa da consagração da imagem, vieram o presidente da província e o arcebispo, salvaram todos os canhões, nunca a Bahia se sentira tão orgulhosa. Apesar de certificado pela Santa Sé, o Cristo era de um santeiro alforriado da modesta Jequié, o Peste, morto dias depois numa briga de enxada com um vizinho. Ao olhar suspeitoso do potenciário, Umar Rashid jurou inocência.

Por sete anos o bei patrocinou o desfile de Ápis, depois se desinteressou, tantas eram as festas e desfiles do calendário, o São João, a Boa Morte, os mascarados, o maculelê, o terno de reis, as paradas da Filarmônica Minerva Cachoeirana... Do primeiro desfile de Ápis, só restara praticamente o trecho fluvial. O touro negro, trazido por Umar Rashid, agora com uma capa azul marchetada de estrelas em papel laminado, desembarcava entre fogos de bengala, com seu cortejo de burrinhas, galos da manhã, bichos fantásticos, quimbundos, *clowns* que mais pareciam arlequins, ussacos de fancaria, Carlos Magnos retintos, Marias Antonietas desdentadas. Um boi de três metros sobre andas dava marradas de brincadeira em rapazes e crianças até jogá-los no rio, de onde voltavam respingando felicidade para novas carreiras. Tudo ao som de cornetas, adufes e pandeiros, ruídos estrondosos que se ouviam a meia légua. Às primeiras voltas pela cidade já se ouviam os batuques e se sentia no ar a energia sublime do samba de roda. Não sobrava um canto da mui heroica Cachoeira em silêncio. Padres brincavam o boi disfarçados, de forma que Ápis transformado passou a reinar no rio brasileiro que imitava o Nilo. Alguns poucos cerravam janelas, trancavam portas, escreviam ao presidente da província, depois de apelar em vão para a câmara. Faltando um mês da festa, que era em junho, o bispo centrava sua homilia no bom e no mau do progresso, a ponte que veio de Plymouth, com escala no Cairo, e a festa pagã de Ápis, sem mencionar que fora o pacote civilizatório de Umar Rashid Bei que ressuscitara aqui o bezerro de ouro.

***

O potenciário costumava lembrar ao amo sua condição de autoexilado. Podia lhe custar caro, em vista das novas que chegavam intermitentes da pátria. Umar o enviou, então, com presentes e dinheiro, para oficializar a inédita renúncia ao título de bei. O eunuco avaliaria, com critério, os boatos do declínio imperial turco. E caçaria, sem descanso, a mulher para trazê-la a Cachoeira com blandícia ou a laço.

Na manhã do desembarque em Alexandria, o potenciário subiu ao convés com dois colegas de cabine, um moço português, Antônio, e um sábio alemão, Dr. Topsius. O navio fundeou. A princípio, a neblina os poupou da visão horrenda. Saiu um sol envergonhado e, no lugar de Alexandria, se amontoavam pedras e mais pedras, colunas partidas, poucas casas de pé, árvores calcinadas, esburacadas as avenidas entre o forte e o porto. Topsius escondeu o rosto para chorar, enquanto Antônio descia à cabina atrás do seu diário de viagem. O potenciário gelou, o Egito passara de turco a inglês, o mínimo que lhe cobrariam era o pescoço. Soldados ingleses, portando uma arma que nunca vira, verificavam documentos e bagagens. Topsius, vendo-o tremer, o amparou, Finja que é meu criado, cara não lhe falta. O portuguesinho, que ia para Jerusalém, se enciumou, O normal é que passe como criado meu, já que vem de um domínio nosso do Além-mar. Topsius não cedeu, Nenhuma proteção é maior do que a da Imperial Alemanha, afaste-se. O alemão abrigou o potenciário uma semana no seu hotel, até reembarcá-lo num vapor para Hamburgo. De lá, vergado a uma depressão que o fazia mais cinzento, o eunuco embarcou para a travessia do Atlântico. Ao se armar uma tempestade como a da primeira viagem ao Brasil, teve tempo de chorar. Só tinha no mundo o seu amo.

***

Poucos dias após uma mascarada, acharam uma mulher nua, ensanguentada na frente e atrás, pouco acima da ponte, rosto esmigalhado de pedra. Mais duas, com um mês, apareceram encalhadas numa touceira do rio, aparentemente o assassino confiara que a corrente arrastasse os corpos para o mar. Na verdade, ele as amarrou pela cintura a uma ilhota em frente à praça, onde uns mamoeiros nasciam de uma touceira. Impossível acreditar não haver testemunhas de crimes tão violentos numa cidade pequena e calma em que tudo se sabia, nenhum fuxico de lavadeira, nenhuma carta anônima, como era de hábito. Ninguém vira nada. Negros mal-encarados, bêbados, suspeitos de sempre e de tudo levaram sovas, um caixeiro-viajante criou bicho na cadeia, mesmo depois de descoberto o assassino. Um tropeiro conhecido como agrado de mula, já se imagina por que, primeiro da lista de brancos suspeitos, foi linchado e castrado, não fosse por essas, diziam, será por outras antigas e por vir. Nenhuma das mortas, todas brancas, tinha família em Cachoeira e vizinhanças. Com um ano sem pistas, o chefe de polícia encerra o inquérito. Aparecem, então, mais dois corpos, marcados de dentes na bunda e nos peitos. A seguinte foi achada nos fundos da principal fábrica da Bahia, Egypt & Co. O presidente da província se enfureceu com a inépcia da autoridade local, mandou oficiais de Salvador com vencimentos e despesas, como de hábito, por conta da câmara. Estes começaram por exumar as defuntas, notaram que todas tinham cabelos escondendo a parte esquerda da cara. Usaram lupas para enxergar o que desde o primeiro crime estava lá, invisível para os inexperientes colegas de Cachoeira, cujos métodos de investigação eram o pelourinho e a palmatória. Queimaduras de charuto e o sinete do bei nas dobras em carne viva da bunda. Correu a notícia, invadiram o palacete que Umar Rashid Bei construíra na mão direita da câmara, confiscaram em nome do povo baiano seus quadros e esculturas, lincharam o potenciário, não fosse ele o monstro assassino. Gastaram cera com defunto ruim, comentou com certo gozo o major comandante, virando com a bota o que sobrara do eunuco, esse homem não tinha pau natural, Por isso mesmo, justificou um dos linchadores, ele usava galhos de árvores para o serviço, Não sei de onde tirou essa ideia, tornou o major, não foi ele o assassino, a hipótese do galho é a mais difícil, portanto a menos verdadeira, a mais fácil é que seja o próprio bei o assassino, E se o xibungo que despachamos usou escondido o sinete do patrão? O major deu dois passos atrás antes de falar, Chega de punheta, o monstro é o bei Umar Rashid, mas ninguém levante um dedo contra ele, é compadre do presidente. Os moderados se contentaram em incendiar as fábricas de charutos, custodiando a maquinaria na câmara. Os radicais explodiram a dinamite a ponte de Plymouth, que era para o Nilo, introduzindo a Bahia pela segunda vez no mundo moderno, através da nitroglicerina. A câmara, com apoio do governo da Bahia, embarcou, secretamente, Umar Rashid Bei para o Cairo. Com seus depósitos confiscados fundaram a Novíssima Empresa de Navegação a Vapor do Recôncavo Baiano.

O acontecimento, mesmo terrível, ficaria para trás, não fosse uma coisa. O comportamento do Paraguaçu mudou. De hábito tranquilo, enchentes calmas e previsíveis, começou a se encrespar à noite, salpicando as ruas de Cachoeira até depois da Câmara e do largo da feira. Quando se aquietava pela manhã, se achavam garrafas com mensagens, perneiras de capitães, corpetes, botas estripadas de couro, sustenta-seios, grampos de cabeça, mantilhas, espadas, um par de chifres amarrados por arame, uma cama de cedro, um exemplar do Corão em marroquim folheado a ouro, e um amarrado de páginas tão encharcado que não se podia decifrar uma linha. O cúmulo foi certa manhã o presidente da câmara abrir a porta de casa e tropeçar num casal de salamandras.

O EGÍPCIO ERRANTE

O endereço do belo será alguma paisagem descrita ou por descrever, como as falésias do mar do Norte, os tetos dos barracões de zinco da Mangueira, quando amanhecem, os grãos de areia das praias de Capri, ao entardecer, o fogo-fátuo que assoma das fossas de Cartagena, as matas prateadas de Zanzibar, de que se ouve falar mas ninguém até hoje viu, o sol *imance e ruge* sobre o *gran palé diver* em Paris, a primeira corredeira do Magdalena, em *La cumbre del mondo*, a caracterização do inferno em Milton, os ventos escultores do deserto colossal de Lut, no Irã, a solidão profunda e sublime do de Chamo, na Tartária, não obstante serem profundas e sublimes as solidões de todo deserto, contando os desse planeta e de todos os demais, as sombras isoladas dos carvalhos da Via Ápia, regados a sangue não romano. Nesses casos, a beleza existe por si só, não precisa do homem para ser, podemos chamá-la com justeza de sublime.

Se, no entanto, falamos do belo, residirá na plumária tupinambá, de que só restaram três exemplares, nenhum no Brasil, na pintura acesa de Vermeer, apreciada, sem faltar uma, por Roberto Nicholski, nos colares de duzentos e trinta voltas das mulheres massai, nas bíblias viajeiras do alto Peru, que se fecham com portinholas de madeira quando os padres vão dormir, nas garrafas decoradas dos mestiços araucanos, que se vendem a cinco pesos e meio nas feiras de Santiago do Chile.

O dia é sublime, a noite é bela.

1

Doutor Samíris, o exilado egípcio em Cachoeira, compareceu, já sabemos, à festa da ponte sobre o Paraguaçu. Se sentiu vingado da pátria com a profanação do cortejo, aprendera a amar essa terra, essa gente, esse céu, esse rio escuro de homens lentos. Costuma fitar longamente a vila que grimpa o morro na margem oposta. Tem três alunos de filosofia e francês que vêm de Salvador a cada quinze dias. Salomãozinho, o mais aplicado, insiste todo fim de aula para Samíris mudar para a capital, terá mais alunos, bom salário, encomendará livros pelos paquetes franceses, conhecerá a aristocracia soteropolitana, gozará do reconhecimento de criaturas limpas, mulheres fáceis de toda raça. Samíris nunca lhe disse não, esperasse, não tinha pressa e, além disso, sentia a alma leve naquela beira de rio. É saudade do Nilo? Seria comparar um baobá com uma goiabeira, é só que, quando estou aflito, me sento com meu cão para cismar, com pouco nossas almas flutuam.

De segunda a sexta, o exilado come no próprio sítio, frutas, legumes, siris. Sábado, atravessa o rio para almoçar numa pensão. Se lhe perguntarem o endereço, não saberá, as casas dessa vila não têm número, nem as ruas nome, se localizam pelo morador, do Filhinho, do chaveiro, da Filarmônica Sete de Setembro, do Cristóvão da olaria, do Olympio de Boipeba, do Ordep da guitarra andaluz, única na Bahia inteira, de Mãe Doralda, a que dá pensão.

O estrangeiro, reconhecível pelo sotaque, não pela cor, parece um mulato claro, senta à mesma mesa com uma mulher cujo cabelo encobre a metade do rosto, um prático de navio aposentado, um velho de sobrancelhas grossas que o primeiro que faz ao sentar é aproximar com o pé a escarradeira de louça. Não conversam, sobre o que conversariam? Uma vez sonhou com a dona da pensão. Ela lhe dizia que tem uma resposta, não sabe a qual pergunta, ele a convida a vir ao sítio, ela lhe diz que venha ele à pensão, semana que vem, combina ele. Tudo, não esqueçamos, no sonho de Samíris, sendo provável os sonhos se dividirem em cinco partes, como a filosofia, lógica, metafísica, ética, política, estética, só na última Doralda lhe diz que venha não para almoçar, mas numa noite de sábado, quando sambam de roda.

***

O corredor, em que só havia um aparador, agora sem a louça, está apinhado. Os pretos admiram o estrangeiro que vem ao batuque, lhe dão passagem. Na verdade, traz como guia um de seus alunos. Na sala maior, em que comem os pensionistas, sambam de roda. Sua primeira sensação foi de indiferença. Só fica porque Doralda, num dos volteios, sorri para ele, sorri com ele, sorri dele. A segunda sensação vai durar enquanto viver. Eis a fronteira entre o sublime e o belo. Três horas depois, pernas dormentes, pensa em sair, procura lugar na calçada, mas a encontra tomada. Agora, descobria brancas e brancos afogados entre pretos, no mesmo rebolar levantando poeira. Vou embora, murmura, é suficiente. Esbarrou num garoto.

— já vai, doutor Samire?

— antes que me comam.

A cada remada, se sente como num pesadelo em que estivesse sem força de acordar. Nas duas margens balançavam as lanternas das fábricas de charutos do bei. Saberia que sou o fugitivo de seu pai? Se fosse preso, pediria clemência, fui castigado pelo exílio e a escravidão, me deixe viver uma semana, quero uma última vez receber o sorriso daquela mulher. Ao desembarcar, Anúbis pula em cima dele, ganha beijos. Tira do bolso uma espiga que comprara no cais, ainda morna, provocando no cão sensação semelhante à do seu dono quando Doralda sorriu dele, lhe sorriu, sorriu com ele.

Dia seguinte, que era domingo, quando o próprio ar é melancólico, colheu flores silvestres medrosas e voltou à casa da mulher. Quando cessaram os passos na rua, num quartinho de terra separado da grande cozinha, Samíris alisou as graças das suas curvas e sua alma ficou suspensa de seus lábios ao beijar sua boca frouxa.

2

Depois de alguma discussão seus pais haviam concordado em batizá-lo Ibn Khaldun Samíris. Educado em colégio inglês, falava o árabe do pai e o francês da mãe. Não admirou ali nenhum professor em especial, salvo o de geografia, que o fez compreender o que era paralaxe e, nas provas, o mandava sentar separado. Eu não colo, mestre professor, reclamou da primeira vez, Confio em você, ele respondeu, é orgulhoso demais para colar, mas não nas alimárias de seus colegas. Na saída das aulas gostava da guerra de pastas, até que feriu um garoto miúdo, judeu. Vendo lhe escorrer o sangue do sobrolho, pediu perdão, o outro lhe deu em troca um pontapé nos colhões. Gazeava de vez em quando com um grupo para atirar pedra nas putas sob a ponte Baxter que fora, em tempos imemoriais, a Travessia dos Hicsos.

O mesmo professor de geografia lhe contou, na biblioteca, o romance do imperador romano Adriano com o bitínio Antínoo, um garoto grego de sotaque asiático velado. "Amando seu senhor, Antínoo passava horas no chão com a cabeça entre os joelhos de Adriano, que por isso o chamava de castorzinho, com um cicio na voz. Certa tarde veio à barca imperial uma pitonisa de Assuã, esquelética, cega de um olho purulento. Previu que o imperador, com hidropisia cardíaca, não viveria muito, *animula vagula blandula*. Quanto tempo?, perguntou Adriano com serenidade. Vos serão acrescentados os anos da idade com que morrer a pessoa que mais o ama. Como assim, e se me amar uma pessoa de cinquenta anos, viverei ainda tudo isso? Sabeis bem que vosso amado tem somente quinze. Então muda isso, esta-fermo, não perderei o meu amor. Não é problema meu, augusto imperador, as pitonisas já fazem muito em adivinhar, ainda quereis que mudem o destino? Quando a mulher deixou a barca, Adriano correu as mãos pela hirta cabeleira de Antínoo, Nunca me deixes. Ao amanhecer, Adriano chamou o garoto em vão. Fez que o procurassem por todo canto, vasculhou ele próprio as embarcações do porto, as praias de areia cascalhenta, os desvãos das pontes, ao norte e ao sul. Acharam o corpo de Antínoo num tanque do rio, imersa a sua cabeça perfeita, coberto de lama o seu corpo mais que perfeito."

Ibn Khaldun Samíris, nas introspecções da adolescência, ia cismar nesse local fatídico. Pequena alma terna flutuante, quer dizer o latim acima.

***

A mãe o queria formado na França, o pai, na Inglaterra. Khaldun escolheu Roma. Andaria por onde andaram os amantes, num triunfo de trombetas, lanças apontando o céu, pavilhões a fio de ouro, se sentaria ao pé de cada uma das centenas de estátuas de Antínoo. Mijaria solitário no Tibre como mijara em turma no Nilo. Não mais jogaria pedras em putas, deitaria com elas, uma a cada noite, e por país, normanda, espanhola, macedônia, indiana, etíope, ucraniana, húngara, irlandesa, gastando o que ganhava lecionando árabe a banqueiros e políticos. Era o melhor aluno em Kant da universidade, lendo e falando o alemão. Sabia ser menor *O belo e o sublime*, um livrinho juvenil do pensador nanico que jamais saíra de Königsberg, nem para colher maçãs, mas qualquer coisa dele o acompanharia por muitos anos.

Se tornou amigo de um professor ítalo-brasileiro, Giusti, que o fez ler o intuitivista Vico pelo direito e o avesso. Tem que conhecer o Brasil, lhe repetia o professor, Vico é como se reencarnasse lá, naquele país de sedução. Quando se preparava para voltar ao Brasil, o professor descobriu num exame de rotina um câncer no duodeno. Lhe aumentaram então o número de conferências e bancas de doutorado, como se descobrissem, só agora, que Giusti era o melhor mestre da universidade. Moribundo, lhe deram o título de Emérito, a que ele respondeu com uma brincadeira má. O reitor havia demitido um estafeta que, por conta de uma nevasca, perdera um documento. Da cama, Giusti lhe mandou um telegrama de congratulações, o ato "fora justo e pedagógico para a classe trabalhadora, biologicamente inconfiável". Não assinou o telegrama. O reitor desconfiou de que fosse de um colega filólogo, pelo tom generoso, o rigor léxico. Aí, Giusti lhe mandou um segundo telegrama. Esquecera-se de assinar o primeiro, assinava agora: *Satanás*.

3

Ao lhe morrer o pai, Samíris voltou ao Cairo para tratar da herança. Um mês depois, soube da morte de Giusti. Sofrera muito, lhe contou um ex-colega. Ateu empedernido, militante anticlerical, expiara rezando o terço de mãos dadas com um padre e uma beata. Não era possível. Lembrou ao colega uma aventura de estudantes comandada por Giusti. Vestidos de clérigos entraram na igreja de São Tiago Apóstolo em plena missa, se postaram de frente para a congregação e declararam, "Passamos a vida vos falando em Deus, acabamos de concluir que Deus não existe".

O ex-colega continuou, sem pena, a confirmar a conversão do mestre, a covardia de seus últimos instantes. O rapaz era catolicíssimo, talvez inventasse a história para se vingar do ateísmo de Khaldun, mas quem sabe era verdadeira. Ibn Khaldun Samíris temeu pela sua hora.

Um outro ex-colega de Liceu, agora mentor de um clandestino partido nacionalista, de olho na fortuna que caíra no colo de Samíris, o arrastou para uma conspiração. Cada mês se descobria uma, antiturca, iluminista ou pretensamente pragmática, à inglesa, fadadas ao fracasso às primeiras reuniões, em geral nos fundos do Café Louis Blanc, centro novo do Cairo, à volta de garrafas de absinto, no lugar do narguilé que desprezavam como símbolo da tradição. Os conspiradores eram estudantes na França e na Inglaterra, um médico russo exilado que pensava usar a revolução egípcia como trampolim para derrubar o tzar, dois coronéis, um grosso comerciante e Khaldun.

Dessa vez, impaciente, o próprio vice-rei exigiu penas capitais. Khaldun fugiu, ajudado por uma das amantes do bei, mantenedora de salão literomusical em Alexandria. Se despediram num entreposto arruinado que diziam ter sido fenício. Vou contigo, maidíer cairota, disse Chantal, Você não tem idade para fugas, cortou Samíris, me espere que dentro de uns anos me terão esquecido. Ela jogou para trás os cabelos, recitou Musset, *Quel que soit le souci que ta jeunesse endure, laisse-la s'élargir cette sainte blessure*, seja qual for a dor que tua juventude enfrenta, deixe que esta santa ferida aumente. Não demoro, consolou ele com ar heroico, aproveitarei o tempo para refazer os passos do homem de quem herdei o nome.

A mãe lhe ofereceu dinheiro para a longa viagem. Ibn Khaldun, o geógrafo do século catorze, viajara do oriente para o ocidente, ele faria o inverso. Viajaria de navio, sem escala, para o Senegal, daí retornando, sem pressa, ao Cairo, pelo Sahel, a larga faixa fértil ao sul do Saara.

✷✷✷

Em Dacar lhe avisaram que não perdesse a Ilha de Gorée. No barco, viu as mais lindas mulheres da sua vida, uma única o olhou, de cima, agitando, como rabo de cascavel, pulseiras de ouro puro. Se sentia incômodo de o guia, um quase adulto, levá-lo pela mão, e impressionado com a fusão de gente, árvore e terra naquela ilha tão diferente do Egito, onde só os cules sem tapete se sentavam no chão. Conhecia mendigos azeitonados da sua terra, ajudara alguns na Itália, cinzentos de frio, pés inchados, mas se assombrou certa noite, voltando da principal mesquita de Gorée, com uma fila de cegos esfarrapados. Lançou uma moeda a um que, como no Cairo, a pôs imediatamente na boca para conferir. Retomou caminho e, numa rua escura, deu com um grupo de tamancos brancos, camisus brancos, gorros brancos sobre faces negríssimas. Teve pânico. Era aquilo a face da noite, não de qualquer uma, mas da noite anterior à criação. Não fazia, em especial, mau juízo de negros, mas nunca vira um em moldura branca, atraindo a vista para um poço sem fundo que, no entanto, era somente a face de um homem. Aprendera em casa serem os negros filhos malditos de Cam mas, há quatro séculos, o geógrafo historiador, de que levava o nome, descobrira que a cor preta se devia ao calor. A observação pessoal de Ibn Khaldun abolira a maldição da Bíblia.

Sempre de mão com o guia, foi levado aos tabuleiros de peixinhos fritos do largo principal, seguidos de uma batelada de meninos nus. Viu de longe as casas de tijolos e jardins, europeias na inocência, onde moravam as mulheres de saris sedosos e pulseiras sonoras. Visitou, enfim, a Maison des Esclaves. Duas escadarias simétricas levando ao segundo andar do prédio ocre, onde funcionavam os escritórios. No andar térreo, as celas, separadas as de homens das de mulheres e crianças. A venda de cativos está proibida, informou o guia, E esses aí?, perguntou Ibn Khaldun, apontando rapazes amontoados no fundo da cela, São assaltantes. Depois lhe mostrou uma porta estreita dando para o mar, É por onde as mercadorias saíam de canoa para os negreiros ancorados. Khaldun não se comoveu, desde menino vira comércio de gente. Nas mansões do Cairo, de Alexandria, de Luxor, de Almançora, de Mênfis, porteiros e mordomos eram núbios roliços castrados, boa parte dos agricultores por toda parte era escrava. Não o tocava, naquela época, a crueldade mesmo sendo colada ao ventre a castração sangrenta dos africanos. Tocava-o, aqui, a intimidade com o chão, a brisa oceânica entrando pela porta de saída, o chapte, chapte das pequenas ondas lavando o batente da porta estreita.

Em Tumbuctu o levaram a conversar com velhos sábios acocorados na parede da mesquita. Declarou, contrafeito, não saber o que lhes dizer. Gaguejou ser um peregrino, chocado pela pobreza, quase mendicância, daqueles homens. Você diz que viajou pelo mundo e não sabe o que nos dizer, cortou um deles, então é um idiota acabado, Não perdemos tempo com idiotas, secundou um terceiro, se levantando.

Desistira de refazer a viagem de Ibn Khaldun. Aluguel de bons camelos custava caro, sentia um não sei quê de má vontade geral, teve medo de ser assassinado, tinha a mesma cara, a mesma pronúncia dos compradores de gente, embora viajasse sozinho. Nenhuma criança ficava perto dele. Se contentaria em conhecer um pouco Bilad-es-Sudan, e reentraria clandestino no Cairo.

Em Gao, se encostou no oitão de um palácio de barro e adormeceu. Acordou com um trompaço, como se atropelado por um rinoceronte. Ouvia sussurros, um pelo menos de menino:

— o que tem nesse saco?

— livros e umas roupas.

— deixe as roupas pra esse puto, fez uma voz arranhada, ou morrerá de frio. Cadê o dinheiro?

— sou um peregrino, respondeu Khaldun.

Apalparam-no. Salvou o saquinho de ouro que trazia na sandália.

O que fariam com os livros descobriu, dia seguinte, a alguns quilômetros da cidade, num monturo de cinzas.

No fim da tarde, se aproximou de um artesão vendedor de pratos de cerâmica. Tinham um padrão parecido a caudas de pavão diminuindo simétricas em direção a um centro onde se engolfavam. Era belo, mas Samíris se perturbou. Quem veria aquela beleza?, raramente passava gente, talvez o artesão esperasse caravanas anuais. Não vendia, esperava. Pediu para dormir no puxado de palha do homem, ele consentiu, lhe ofereceu chá com dois biscoitos duros, amarelos, e um cobertor furado. O árabe do artesão era diferente do que Khaldun compreendia, conversaram pouco. Sem lanternas, a escuridão caiu de repente. Khaldun não percebera uma vaca que o sujeito amarrou para deitar ao seu lado, o absoluto é uma noite com vacas pretas, se lembrou da metáfora de Giusti.

Ao amanhecer, o homem se prosternou a Meca, lhe ofereceu as tetas da vaca, Beba à vontade que vou cagar. Khaldun aproveitou para lhe deixar uma moeda na esteira.

De volta à cidade, procurou uma caravana para atravessar o Saara. Ao bordejar o mercado, reconheceu com um menino sua mochila roubada, não parou. Trinta metros adiante, num resto de dignidade, fez meia-volta:

— me dê essa bolsa, ladrãozinho.
— ganhei de presente, senhor.
Era a mesma voz sem dono daquela noite.
— ladrão e mentiroso.
— juro.
— me leve a quem te deu ou acabo contigo.
— amanhã, senhor, prometo.

Khaldun lhe arrancou a mochila, lhe deu uns pontapés.

— basta por Alá, senhor, posso lhe devolver tudo, até o dinheiro.

Da aglomeração surgiram dois rapazes fortes, derrubaram Khaldun, lhe amarraram os punhos.

4

Khaldun foi negociado primeiro em Porto Novo, depois em Ajudá. Uma humilhação indescritível e um gosto de bílis não o deixavam pensar. O preposto do dono untou seu ombro e costas com dendê e o ferrou com dois efes acavalados, marca de Francisco Félix. Aprendeu que sua vida dependia agora da rapidez em interpretar gritos, levante, ande, entre, coma, cale a boca, agora mesmo, vire, me dê essa mão, não, a outra, caralho. Um colega com feridas abertas nos dois joelhos lhe garantiu, em árabe, que Ajudá vinha de Deus vai nos ajudar, repetida como mantra pelos portugueses. O sujeito fizera esse caminho muitas vezes como pombeiro, agenciador de cativos, o fazia pela primeira vez como mercadoria. Gemia cada vez que ficava de pé ou sentava, mas não reclamava da sorte. O pombeiro chefe do lote o conhecia, nunca batia nele, generoso com o colega em desgraça.

Nenhuma pessoa sensata fundaria uma cidade naquele fundo de restinga, ondas enormes quebrando furiosamente, primeiro em bancos de areia, por último numa praia lamacenta. Impressionava a arte dos canoeiros que transferiam as peças para terra firme, furando a arrebentação. Cantavam mais alto que o baque das ondas, enquanto as mercadorias, acordoadas pelos punhos, se equilibravam nas canoas. Ali se chamava Praia dos Tubarões. Em torno ao forte que dava para o mar, menos na frente, uma confusão ordenada de casebres cobertos de palha, imponentes ou pequenos. Um formigueiro de gente se esbarrando em seus becos, nos largos de chão batido, gente e línguas, fon, flamengo, edo, acan, espanhol. Cercando o casario, plantações de inhame, feijões, milharete, dendê, tabaco, pimentas. Nem no Egito Khaldun vira parecido.

Os que venceram a prova do desembarque, Deus os ajudou, foram metidos num barracão sem janelas. Khaldun não tinha livros desde o assalto em Gao, um maço de anotações que amarrara à cintura se encharcou de água no desembarque. Antes de anoitecer serviram em folha de bananeira uma massa de inhame com lascas de peixe nadando em molho de pimenta. Khaldun só despertou no outro dia, cutucado por uma vara comprida, Levante você, você, você e você, grunhia o capataz na língua que o egípcio desconhecia, vamos já, já para Abomei. São cinco dias a pé, lhe sussurrou o ex-pombeiro.

***

Tantas raças andavam em Francisco Félix, o Chachá, que Khaldun não saberia dizer a qual pertencia. Ao chegar à costa dos escravos, Félix era quase um indigente, roubando cauris, a moeda regional, dos santuários, para comprar comida, um chacal de costelas aparecendo. Com o tempo, aprendeu a intermediar negócios, a vender créditos num mundo em que a lei se limitava à força e à confiança. O apelido Chachá, lhe disse o informante, vem do já, já que acompanhava as ordens do negociante, famoso além do deserto e do mar.

Chachá apareceu no depósito, uma choça de sopapo, cercada de muros, para inspecionar o lote. Era grande e atlético, voz rouca. Ao saber que Khaldun era poliglota, mandou-o sair do grupo, Trabalhe pra mim. Sou o primeiro escravo do mundo a receber proposta de trabalho, disse o egípcio. Se aceitares passas de cativo a empregado, um homem da sua qualidade não funciona a chibata. Pois recuso. Chachá riu, mostrando dentes de ouro, embora lhe faltasse um incisivo. É curioso, comentou Khaldun, você ri como quem chora, mas o que farei? Cuidarás das minhas cartas e traduções. E os contratos? Nessa terra não vale o que está escrito.

Por dois anos, Khaldun partilhou a longa mesa do negociante na capital do Daomé. Teve as mulheres que quis, menos uma, a cozinheira moura do chefe, conferenciou com sobas cujo reinado se estendia por meses de viagem, em rede e canoa. O Chachá vendia tudo que desse muito dinheiro, crédito, gente, ouro, armas de fogo, aguardentes, cauris, pólvora, óleo de dendê, tecidos da Ásia, concubinas, lãs, sedas, veludos, fumo da Bahia, contas de vidro de Veneza, catanas, facas, informações. À sombra do patriarca, que queria promovê-lo, nunca soube por que, Khaldun arrematava para si peças estragadas, crianças sem uma perna, rapazes com meio braço, cegos, surdos, bulbosos, desenganados com um por cento de chance de viver. Em um ano possuía suas doze canoas com trinta e oito remeiros operando entre os navios e a praia. Sonhava gastar esses ganhos legítimos na Europa com a cozinheira moura de Abomei, descendo o Danúbio, o Rhône, o Guadalquivir, o Lena que vira em gravuras do palácio do Viajante em Darfu. Se entupiria de champanhe, narguilé e livros. Era uma alma flutuante que precisava de rios.

A concorrência no tráfico era feroz. O jovem rei do Daomé, Adandozan, a quem Ajudá se subordinava, exigia lealdade absoluta de Félix de Souza. Adandozan lhe devia uma carga de escravos, a abater das mercadorias que o baiano lhe adiantava. Félix de Souza, sempre levando Khaldun, foi vê-lo. Adandozan era roliço, lustroso, bonito, deitado em uma colcha com almofadas de damasco, sandálias de prata, um chapelão com plumas de avestruz. Por entre as almofadas e colchas coloridas aparecia um assoalho de crânios de inimigos. Era misericordioso. Entendia o inglês, mas para o português e o holandês tinha uma irmã anã como tradutora. Enquanto lhe for fiel, disse de cima Chachá, exijo que vossa majestade, cumpra seus compromissos comigo. Tinha voz dura, acentuada por uma cicatriz descendo do olho esquerdo até o beiço. Era harmonioso. Adandozan pareceu se intimidar, mas reagiu com frieza, Nenhum homem branco sobre a face da terra pode me falar assim. Então, considere-me preto como você e escute, tornou Chachá. Escandiu as sílabas, cum pra se us com pro mis sos co mi go. Te darei a única forma de me faltar com respeito, Chachá, te tornarei preto como eu. Mandou os guardas amarrarem o negociante, matou sua guarda, providenciou um tonel de índigo, mergulhou o mercador e o secretário egípcio até o pescoço. Uma tarde durou o castigo. Chachá foi levado, respigando, para o calabouço atrás do palácio, Khaldun para o depósito dos escravos da roça. Saía antes do sol para a lavoura. Uma tarde, apareceu com música e palanquim, a princesa anã, Sikantha. Desproporcionada, a bunda não podia ser daqueles braços curtos cobertos de pulseiras, daquela cara miúda, mal entrevista sob quilos de pintura francesa. Era linda. Inspecionou uma turma de trabalhadores, já sabendo quem procurava. O capataz empurrou Khaldun com o cabo do relho para diante da mulher, obrigou-o a se ajoelhar. Ela o mediu da cabeça aos pés, de frente e de trás. Lavado como cavalo, a balde e escova, começou a desconfiar do seu destino. No palácio de Sikhanta, foi instalado numa mansarda com comida, vinho e uísque em prateleiras que a réstia de sol coloria. Sikhanta entrou e pulou em cima dele. Não chegava à cintura de Khaldun, mas as pernas eram fortíssimas. Nada fazia devagar, arrancou as roupas que havia dado ao escravo, mas não tirou a sua própria, lanhou o corpo do egípcio, lhe comprimiu os testículos, lhe mordia as orelhas, os beiços, o peito inteiro unhado sangrando. O sexo do Khaldun continuava mole, cada vez menor, ela tirou do bolso umas lagartas pequenas, entre lambidas enrolou-as no sexo do herói, se sentou em cima do torturado e só o largou depois de gozar, aos gritos, algumas vezes. Em outros dias chegava vestida de leopardo para a brincadeira. Xingava-o, preparatoriamente, cão, réptil, búfalo, dekuá, rato voraz. O ápice era unhá-lo e cavalgá-lo. Na saída, ameaçava os guardas se não dessem ao escravo as melhores frutas e caças, se não trocassem o mosquiteiro que o livrava do banquete noturno de insetos, se não substituíssem as flores artificiais, preciosíssimas, e que ele vira nas feiras de Roma a cinquenta centavos a dúzia. Uma vez, abriu duas garrafas da aguardente escocesa, beberam a metade de uma, derramou a outra no escravo, perseguiu-o pelo quarto com palitos de fósforo.

    Khaldun decidira se matar, sairia correndo até ser alvejado pelos guardas, quando soube das novidades. Adandozan fora deposto. Foi rápido. O rei fazia a sesta quando ouviu o Grande Tambor de guerra, que só tocava por ele e para ele. Correu à sala do trono, um tamborete de marfim esculpido, e viu que o lugar do tambor estava vazio, um de seus irmãos entrou, precedido do som imemorial, Não és mais rei do Daomé, querido irmão. Lhe descalçou as sandálias de prata. Sikhanta foi imediatamente sacrificada para levar aos antepassados de ambos um pedido de ajuda ao destronado.

O substituto de Adandozan libertou Chachá, com quem tinha um pacto de sangue, e o egípcio. Chachá ficara cinco meses sem banho, mas era agora mais poderoso e rico. Ofereceu a Ibn Khaldun Samíris a chefia dos seus negócios na Bahia, onde fora menino. Nem aos filhos concedera esse cargo. Por que não volta à sua terra e dirige o senhor mesmo de lá os seus negócios, perguntou Khaldun, Seria estrangeiro, como sou aqui, tenho alma peregrina, Como parou aqui? Na Bahia vai ouvir que fugi da justiça, é mentira, que capitaneei barcos de cativos, é mentira, que fui condenado à forca por falso moedeiro, é mentira. Tinha no sangue bicho-carpinteiro, nada mais.

Dois dias antes da partida, já fundeado o vapor em que faria a travessia, Khaldun pediu a Chachá que o libertasse, não amava o comércio, estudara filosofia, era criatura de outro barro, queria rever o Nilo. Durante o jantar, Chachá ainda não aceitara a desfeita, Khaldun estava certo que seria vendido. Francisco Félix adormeceu de bêbado sobre a mesa. Era lúgubre. Khaldun fugiu de madrugada, depois de a cozinheira moura lhe segredar que tinha ordem para lhe envenenar a comida. Por que não envenenou?, Conheço Francisco há quarenta anos, não era o que queria, minha vontade é fugir contigo, E por que não foge?, serei um amo muito melhor, bom e amoroso. Ela lhe passou o braço sobre os ombros, Aqui só você não sabe de uma coisa, minha entrada de mulher é costurada.

Em Porto Novo, Khaldun tomou passagem num navio de brasileiro. Enquanto subiam a costa, o capitão, ex-escravo no Recife, lhe contou como chegara a ferros ao Brasil, um fiapo de homem pela caganeira, se libertara, virara sócio do seu ex-dono, se tornando perito em navegar naquela região, saudade só da panelada de feijão-branco com toicinho e abóbora. Mandava até hoje mesadas para a viúva do antigo amo, contribuía com irmandades religiosas do Recife.

5

Sete anos se haviam passado. Ibn Khaldun Samíris reentrou no Cairo disfarçado com bigode e roupas árabes. Conseguira-as seminovas, e mais as sandálias, em um brechó de ricos falecidos. A carruagem fazia ponto na Porta Nelson, subiram três rapazes e um senhor. No primeiro posto de controle, guardas armados pararam o veículo. Para sua surpresa, os recém-embarcados foram obrigados a descer e imediatamente acorrentados. E este piolhento?, perguntou o oficial. Nada tem a ver conosco, esclareceu o homem de certa idade que parecia o chefe do grupo. O oficial revistou Samíris de cima a baixo, lhe revirou os papéis, Vai conosco, nada aqui o incrimina, mas também não absolve. Na chefatura os salteadores, era o que eram, foram levados a cassetete para os fundos, Ibn Khaldun Samíris para uma caverna gotejante chamada pavilhão político. Preso por acaso, fim de linha. De passagem viu no corredor uma fila de garrotes, um seria o seu. Poderia escolher, se perguntou. Na primeira audiência, dois meses depois, enquanto esperava na antessala, entrou o bei em pessoa, Quero ficar a sós com o prisioneiro. Os guardas lhe tiraram as algemas, saíram.

— jamais um pulguento como tu se deitou com Chantal para contar.

— duvido tenha sido eu o primeiro.

— te chicotearia até virares trapo, mas tua morte há de ser mil vezes pior.

— que vai fazer com ela?

— mato-a ou a expulso para sempre dessa terra.

— me mandou uma palavra de despedida?

— que te fodas.

— sozinho ou com ela?

O bei lhe deu um soco no estômago.

Na antevéspera da execução, um advogado lhe trouxe cigarros com um bilhete de Chantal, em cujo verso ela se fizera retratar a carvão. Envelhecera bela. O bilhete era um plano engenhoso de fuga. Meteriam na sua cela um vagabundo que estava para ser solto daí a dois dias. O coitado trocaria de roupas com Samíris, até uma testa bolhosa, que enojava os guardas, um olho tapado de fungos, o enviado de Chantal o maquiou. Na véspera, o carcereiro chamou na grade pelo vagabundo: Abu Drisi! Não teve resposta, chamou três vezes como no Evangelho, então Samíris se levantou. Por que não atendeu antes?, repreendeu o carcereiro. Estava dormindo, o que quer? Seu alvará chegou. Subiram da caverna. No corredor, àquela altura, bruxuleava, como nos romances de Walter Scott, um lampião esticando a sombra dos garrotes. Abu Drisi assinou a ordem e sumiu. Dois dias depois, sua mulher e seus três pequenos filhos foram à prisão, com um advogado, choramingar que o pai não chegara em casa etc. O próprio juiz lhes mostrara a cópia do documento de soltura. O diretor mandou que trouxessem o prisioneiro, Como te chamas? Abu Drisi. Não ouviste te chamarem no domingo para ir embora? Estava dormindo. Não viste que saiu o outro no teu lugar? Não tenho culpa. Ah, não tens, pois deixaste sair ele em teu lugar. Solta ele, solta ele!, gritavam a mulher e os filhos atrás do diretor, Abu é este, Abu é este! O diretor enfiou o homem numa pequena sala, Sabias que o filho da puta que saiu era um conspirador internacional condenado à morte? Eu não podia saber, senhor, somente não ouvi me chamarem aquela tarde. E queres me fazer de bobo. Lhe deu um tapa e um pontapé. Quanto te pagaram pelo golpe? Nada, senhor, não sei do que está falando, sou meio surdo.

— ficarás surdo inteiro se não colaborares.

Chamou com gentileza o advogado e a família ao gabinete. Ofereceu chá e biscoito às crianças.

— não posso soltá-lo agora, amanhã falo ao corregedor, prometo conseguir um novo alvará para esse coitado.

— a lei é clara, disse o advogado, o enganado não será penalizado.

A pálpebra direita do diretor tremelicou.

— dirijo esta casa há trinta e sete anos, não me venha citar leis.

— iremos imediatamente ao corregedor.

O diretor tirou da gaveta um novo pacote de biscoito:

— doutor, informo-lhe que ontem, por acaso, o corregedor entrou de férias, recorreremos ao juiz do caso, prometo será a última noite do senhor Abu nesta casa.

6

Aos quarenta anos mal completos, o egípcio vira tantas gentes e maneiras de ser que fora tomado por dois sentimentos fortes. Era maravilhosa a nossa espécie e, no outro extremo, quão insignificante. Já não acreditava, como aprendera do professor de geografia, que se afastando das regiões temperadas se afastava da humanidade. Certas noites, sozinho no deserto, saía do abrigo, se colocava do ponto de vista de qualquer das estrelas, o quadrilátero de Órion, com as Três Marias, a cabeça do Touro, de Aldebarã, que o encantava pelo nome, perfeito para uma filha, se a tivesse, as Plêiades, que ouvira nomear como "Abirowoh na numba, a velha com seus filhos". Qualquer movimento no cosmos, o raspar de uma unha, a dança de um continente imerso em amônia, qualquer nascer de sóis em um único planeta, qualquer desabrochar lentíssimo de flor, se flor havia, o resfolgar de qualquer criatura, semelhante ou diferente de nós, tranquilizadoras ou horripilantes, vivendo em prédios mais altos que mil pirâmides, ou no fundo de fossas oceânicas friíssimas, tão fundas que atravessavam o planeta como buracos de queijo, tudo nasceria ou se extinguiria sem que víssemos ou soubéssemos. Se extinguiriam sem um só testemunho humano. Tudo o que sabemos, concluía nesses momentos, está na gaiola da mente. Do alto não receberíamos qualquer lição, nenhum aviso, nenhum plano a ser cumprido, nenhum adeus, como o do sujeito primitivo que besuntou a mão para acenar das cavernas aos humanos de hoje, alguém como o bei, como o caravaneiro que ia vendê-lo no primeiro oásis, quando fugiu de casa, o pai que o surrava, o professor brasileiro exilado em Roma, o condenado que, diziam, se esporrava ao experimentar as primeiras torções do garrote. Seria, pois, melhor, uma conformação à geografia, como o homem que lhe dera o nome, conhecer os povos e suas diferenças ao invés de gastar massa cinzenta com a prisão que nos desafia e desespera. A filosofia só certifica a nossa miséria. O estudo do homem, que ganhara recente o nome de antropologia, talvez valesse alguma pena, evitaria guerras. Ou, ao contrário, as tornaria melhores.

Vivera muitos anos da fortuna do pai, que não era grande, o sonho de ser doutor na Itália durou pouco, seu único trabalho continuado fora secretário de um mercador de escravos, num lugar tórrido, pestilento em que, salvo para os comerciantes de gente, a vestimenta era a própria pele, mesmo os régulos combinavam os tecidos e babilaques de ouro maciço com pernas, peitos e pés descalços. O lugar tinha, no entanto, um jeito, uma liga humana, que não sentira em nenhuma terra. Uma comunhão entre carrascos e vítimas como se estivessem contidos um no outro. Não, não conseguiria explicar a vontade que lhe deu de voltar a Abomei. Já em Porto Novo mandou recado a Chachá, estava de volta, seguro de que o potentado o perdoaria. Em Ajudá o esperava um troço de homens armados com uma rede para transportá-lo à capital. A regalia lhe deu a certeza de que Chachá continuava seu amigo e se alegrou. Chachá lhe fez, de fato, um banquete, sem perguntas, preocupado apenas com sua saúde e planos. Veio a cozinheira moura para cumprimentá-lo e, a um sinal do Chachá, fez uma coisa que nenhuma mulher fazia naquela terra, o abraçou. Mesmo costurada ao nascer, era a fêmea mais apetecível que conhecera, cheirando a sândalo e calda de sapoti. Chachá o levou à varanda de onde viam as filas dos dendezeiros, lhe ofereceu charutos, disse que o lugar de representante na Bahia estava ocupado, mas, como pretendia entrar na exportação de tabaco de segunda, o de folhas rotas ou queimadas, atualmente a melhor moeda para o comércio de cativos, o faria sócio de uma fazenda na cabeceira do rio Paraguaçu, É um bom negócio, Khaldun, vai enricar em poucos anos, Está bem, senhor Francisco Félix, agradeço muito, mas gostaria de morrer aqui, esta terra me conquistou. O Sapo, era um dos seus muitos apelidos, apertou os olhinhos já estreitos de nascença e só respondeu depois de agarrar o braço esquerdo do egípcio, Não, se ficar aqui morrerá de fato no próximo andaço de febres, você vai para a Bahia.

7

Samíris dera com os costados na terra de Giusti, o professor com quem traquinara em Roma, quando ainda era dono do seu futuro. Andava agora num sem razão de existir. O que não daria para sentir, ainda que por uma curta hora, a vontade que todo homem tem de ver montes que nunca subirá, cismar em praias entrevistas em sonho, apertar a mão de sujeitos de outra fala, Ibn Khaldun Samíris, prazer, sou do Cairo, e o senhor? Ouviria respostas em línguas duras ou silvantes ou estaladas. Quando não compreendido, apelaria para o indicador contra o peito, o outro riria, Sou árabe também, mas fiquei surdo, um obus explodiu ao meu lado na guerra de Suez.

Com uma semana de Salvador, voltou ao representante de Francisco Félix de Sousa, um casarão na Vitória, para lhe enviar um pacote e uma carta selada. Os pajens da representação lhe lembraram os eunucos do Egito, em librés impecáveis. Depois dos rapapés, Khaldun entrava no assunto, "Desde aquele incidente com Dandozan, que nos meteu no barril de índigo, o senhor é o homem que mais admiro. Só um homem assim é capaz de perdoar duas vezes. Devolvo o dinheiro que era para iniciar a exportação de fumo para Abomei. Não tirei um centavo. Ocorre que a sua ordem 'vá para a Bahia' não pode ser contrariada. Ninguém no mundo pode lhe dizer não, a não ser que o senhor o autorize. Durante a viagem, fora do seu olhar e da sua voz, só aí pude desobedecer. Queria ficar em Abomei e aceitei, por covardia, o Paraguaçu. Vou viver por lá, se quiser me castigar saberá me achar, mas não acredito, dormirei tranquilo. Vosso servidor Ibn Khaldun Samíris".

Ninguém que o conhecesse o encontraria naquele canto de mundo. Subiu o rio, ocupou um sítio abandonado na banda esquerda, a montante da velha ponte, uma tapera afogada por um bananal, de que restara um cão preto de meia-idade, cara de chacal. Para ver gente, comprar linha e anzol, carne, aguardente e pólvora, descia numa canoa até a vila. Era indiferente à ponte de ferro trazida do Cairo.

ESTIRPE

1

O macróbio Inácio Sombra de Albuquerque e Albuquerque fora, no início, contra a ponte doada pelos egípcios. Seu principal argumento era religioso, não faria negócio com descrentes na ressurreição e na concepção sem pecado. Os cachoeiranos atravessariam o rio sobre o cimento da heresia. O filho o convenceu, a ponte era em ferro, só as fundações, nas duas margens, seriam cimentadas. O pai aceitou, mas em retribuição o filho deixaria de frequentar batuques em casa de pretos. A aceitação da ponte e o vício do filho não tinham a ver, mas Inácio era doutor em chantagem. Se fez sócio do bei na fábrica de charutos Bahia, Egypt & Company. Seus cabedais, além dos engenhos, se estendiam a trinta por cento das ações da empresa de navegação fluvial do Recôncavo, criada na mesma ocasião. O pedágio da nova ponte, que lhe seria concessionado, também contribuiu para convencê-lo.

Manoel Sombra, seu primogênito, foi criativo desde garoto. Sua roda da fortuna girou num dia de 1821, quando o comandante português, o Madeira Podre, fundeando no meio do Paraguaçu, bombardeou a câmara. O petardo abriu um buraco no prédio, iniciando a guerra que encerraria, entre sangue, lágrimas e lama, muita lama, o domínio português sobre o Brasil, sem menosprezar, *data venia*, o Grito do Ipiranga. O petardo abriu um buraco no prédio, por onde escaparam sete presos esperando transferência para a capital, seis pretos e um branco. Este indigitado caíra, há alguns dias, no mais fundo dos poços, a desonra familiar. O delito de Manoel Sombra fora assaltar à pistola a fazenda dos Mateus Fernandes, em Rio de Contas, matando o dono, violentando sua filha de treze anos e matando um escravo que tentou defendê-la. Para lhe dar uma lição, o pai deixou que o prendessem, o deserdou. Ao invés de aproveitar o bombardeio português para se escafeder, como os pretos, Manoel se apresentou num posto de recrutamento. Queria lutar contra Portugal. O alferes recrutador, em deferência pela pátria e pelo honorável Inácio, o alistou.

Dois dias depois lhe deram a missão de percorrer o interior conclamando fazendeiros a lutar pelo Brasil e, não sendo o caso, a contribuir com a caixa do Exército que se incorporava com dificuldade, mas acendrado amor à Pátria, contra a hidra lusitana. Se ainda isso não fosse possível, dinheiro não dá em árvore, revólver sim, como diziam acontecer no interior da Inglaterra, o exército libertador aceitaria doação de escravos.

Uma noite, perto de Alagoinha, Manoel foi recebido por um fazendeiro viúvo vivendo com duas filhas moças. A mais velha, cujo marido partira para as minas, lhe pareceu cretina, avelhantada, a outra, esperta, angulosa, carnes duras. Havia também uma preta velha, fazedora da comida, e um moleque magro de costelas saindo. Ao jantar, Manoel explicou o que a liberdade pedia aos homens bons da Bahia, quase nada se pensassem no futuro de livre-comércio, autonomia política, progresso industrial *et cetera*. O fazendeiro foi sincero, não tinha mais idade, a seca e os atravessadores arruinavam o produtor rural, não possuía reservas, filhos homens nem escravos que prestassem, só mulambos. Manoel, que era gago, insistiu, sempre teria alguma coisa a doar. O homem, cara furadinha de varíola, depois do licor, mandou as filhas dormirem, levou Manoel a um quartinho em que só cabia uma cama, lhe deu um boa-noite ríspido.

O emissário pegava no sono quando bateram na porta. Era a mais nova das irmãs, queria informações sobre o exército patriótico, onde ficava, o que se exigia. Manoel lhe sentiu, no escuro, o cheiro forte a cabra ciosa, explicou que não alistavam mulheres. Ela insistiu. Ele apagou a vela, ajeitou a cama, mas ela disse não. Tempos depois, se lembrando daquela noite, Manoel não sabia explicar a privação de sentidos que o levara a pedir a Maria fugirem. Ela vestiu as roupas do cunhado, se esgueiraram pelo copiar. Cavalgaram setenta léguas. Três vezes, em três taperas, ele quis fazê-la mulher, ela se esquivou. Não acredito, dizia o gago, que quiseste fugir para combater pela Bahia. Ela jurava. Não pertenceria a ninguém antes de o Brasil se libertar, prometera a Santa Teresinha do Alcaceu. Mas diga lá, senhor Manoel, o senhor também não trabalha pela nação? Olha aqui-qui a na-na-nação, respondeu ele, tapeando um surrão em que guardara as doações coletadas. Chegando a Cachoeira, sob o nome falso de Pedro Aracati, Maria se apresentou ao posto de alistamento, Manoel à comissão de adesões de proprietários. Foi preso antes de apear. Confiscaram a pequena fortuna que trouxera e, em troca da vida, jurou silêncio sobre a partilha do que arrecadara. Foi nomeado comissário especial para o confisco, *manu militari*, de fazendas pró-Portugal, em todo o teatro da guerra, sem necessidade de provas.

✳ ✳ ✳

Ao começar a guerra, escravos de cinco fazendas se levantaram querendo se juntar ao inimigo. Era cabeça um escravo de Manoel, avisado ao comprá-lo, se é de Aladá bom cativo não dá. Arrematara o lote, foi seu erro, vieram mansos e brabos, ladinos e boçais, rapazes fortes e um aleijado por nome Cristóvão, sem um olho, conhecendo pelo faro o momento da purga. Os rebelados transformaram os canaviais em um anel de fogo, sitiando a casa-grande, em cujo copiar o macróbio Inácio Sombra descobria as pernas vermelhas de elefante pedindo mais fogo, mais fogo, para arderem também as pulgas que na sua caduquice tinham tamanho de preás. A loucura do amo penalizou, talvez, os rebeldes, e Cristóvão, sentindo o cheiro de carne queimada, mandou usarem o forcado para acabar a história. A céu aberto, violaram as mulheres brancas e índias. Seu plano era se juntar ao Exército português, mas caíram numa emboscada perto do rio. Sobreviveram dezoito. Manoel Sombra, que comandou a prisão e castigo, primeiro pensou em crucificá-los, consultou o bispo, melhor não, lembraria a algum herege o martírio de Cristo, decidiu pelo enforcamento simples. Os corpos ficaram meses pendurados.

O perfeito escarmento de Manoel Sombra, o Gago, impiedoso gênio da guerra, correu a Bahia. No cerco de Pirajá, pôs espias em carcaças de bois apodrecendo perto dos acampamentos inimigos. Desconfiado, um soldado português meteu a baioneta em uma, espetou a goela do caçula do barão.

Antes de ser oficialmente barão, já o tratavam assim. Mandou contratar na Corte uma inglesa, que tivera seu momento de glória como preferida do mercenário Pascoe Grenfell, para lhe curar a gagueira. Madame Carruther, ou simplesmente a Carrucha de São Cristóvão, fizera chegar seu cartão de pergaminho perfumado à Bahia. Abaixo de seu prestigioso nome vinha a advertência, "cura gagueiras em seis meses em qualquer língua civilizada". Não fazendo qualquer progresso nas primeiras semanas, Manoel lhe confessou que a culpa era ela. "Como, senhor Sombra?!", perguntou, se levantando enrubescida, "Como tem coragem de dizer que a culpa é minha? Aplico-lhe há quase um mês o método Lindsley, curei a gagueira de Lord Castelreagh, de Mme. Emily Brontë, e está para aí a dizer que tenho culpa?". Passou ao choro. Estavam a sós na varanda. Manoel Sombra avançou um passo. "Na-na-não me compre-ende-deu, a culpa não é da-da se-se-nhora, a cul-cul-pa é — e num esforço colossal concluiu — é a se-se-nhora! No dia seguinte, bem cedo, já lhe tinham arrumado as malas na charrete, quando Manoel lhe fez uma proposta, Me-me apli-pli-que o mé-mé-todo bestial e vê-vê-rá como me-me cu-curo. Consistia esse método imemorial em um bolo duplo de palmatória a cada gagueirada. "Para este, não precisa de mim. Tem os seus capatazes." Ele rogou, ofereceu multiplicar por dez o salário, ficasse pelo amor de Deus. Ela pensou na lamaceira e na guerra que tinha de atravessar e ficou. Novos sons se juntaram aos cotidianos da fazenda — o sino de acordar, o rume-rume da senzala, as bacias de merda que se balançavam na cabeça dos pretos em direção ao rio, o abrir de janelas, a mesa enorme do café, a fritura da macaxeira —, as pancadas da inglesa na mãos de Manoel. Um que outro preto, parando o serviço, espiava, num relance, o fato incrível, um branco na palmatória. Se se demorasse diante daquele obsceno, veria um olhar de gozo da espancadora e do espancado, cada vez que se levantava a férula. Quando o sucesso ficou evidente, as mãos de Sombra viviam agora inchadas e vermelhas, a inglesa o fez ler *Cartas de meu moinho*, castigando por gagueira e ignorância literária.

Curado, Manoel Sombra criou um brasão, ovelha com cara de touro encimada pela legenda *Beati Possidentis*. Com a morte do pai, aos cento e sete anos, passou a se assinar Manoel Sombra de Albuquerque e Albuquerque, barão de Cachoeira e São Félix. Soube que Maria estava no batalhão dos Periquitos, mandou buscá-la, desmascarou-a, havendo com ela uma menina natimorta.

2

O Gago — nunca perderia o apelido — viveu, então, os dias mais felizes de sua vida, invejado e temido. Tomou como secretário e biógrafo o doutor Samíris, errador na língua brasileira, mas sabedor das demais. Samíris se esquivara às primeiras sondagens, não tinha gosto por pesquisas históricas, mas foi convencido pelo ótimo salário e a licença de mentir à vontade.

— sempre haverá documentos que nos desmintam, resistiu.

— não crie problemas, doutor Samíris, invente documentos.

— minha consciência não dá pra tanto.

— como sua consciência com farinha.

O biógrafo concebeu a honorável vida do barão da frente para trás. O primeiro capítulo narraria seu papel na rendição do Exército português, o último, o seu nascimento melindroso, havia cinquenta anos, no engenho Feliz de Nossa Senhora, em Maragogipe. Ficavam, para os capítulos do meio, as brincadeiras de menino a homem, a festiva declaração de guerra, a odisseia da campanha de fundos para a independência, a presidência do senado da câmara, a repressão à revolta negra. O combate de Pirajá, vencido por sua intrepidez sem jaça. O biógrafo, insistindo em quadros mais vívidos da infância, perguntou a Manoel do que mais lembrava, podia ser uma crueldade, uma infâmia, ele amenizaria com sua pena, paga por parágrafos. Contou que aos dez anos o pai o levara a um rancho de mulatas, somente para espiar pelas frestas, se acostumar com o abismo do sexo, seu cheiro e alarido. No aniversário de onze, lhe comprara uma moleca em Salvador, recém-chegada de Lagos, para ir iniciando suas machezas. Faziam de tudo, mas só teve direito de engravidá-la aos quinze. O barão levou Samíris para conhecê-la, hoje ama da cozinha, imensa, relho na mão, mesmo quando acordava de bom humor, um terceiro braço que, quando descia, era com lapadas secas e ágeis, Manoel abraçou-a por trás, os peitos muito grandes, o riso branco e insincero. Quanto ao melhor amigo da infância, soube que morrera num circo, exibindo a habilidade que lhe dera o destino. O que fazia?, perguntou o biógrafo, Como de nascença andava de quatro, meu pai o comprou para brincarmos de cavalinho, nunca se queixou, quando acordava, já lá estava à beira da minha rede com arreios e sela. Nos adorávamos os dois. Quando ficou homem, Olalá, como era chamado em casa, praticou uma ação tão feia que jurei manter em segredo, por gratidão aos anos que me serviu com fidelidade. Meu pai o vendeu, lhe dei uma soma para viver sem trabalhar alguns anos.

As primeiras linhas de *O centauro do Recôncavo* começavam com um comandante jovem inspecionando as tropas, não os uniformes esfarrapados dos oficiais, mais parecidos a espantalhos que a de combatentes da liberdade, botas cambaias fedendo a bosta, gretados os pés dos soldados, sem uma alpargata, de cujos olhares esfaimados o ardor bélico passava distante, brilho fixo sem vida, como se viessem de uma sessão coletiva de diamba. Comandara, em boa parte, soldados que não eram. Mas deixe relatar isso no capítulo do meio, pediu ao biógrafo. Na manhã seguinte, mudara de vontade, Quero que comece pelo meu nascimento, como a vida de todo o mundo. Obediente, Samíris lhe trouxe o primeiro capítulo de uma narrativa cronológica, sempre para diante. Abria com a preia de sua avó nas imediações de uma aldeia caiapó, a propriedade dada a Inácio, ainda imberbe, pela limpeza da área, a construção da primeira casa de taipa, uma enchente memorável do Paraguaçu, que por pouco não afogou a família, o parto do futuro herói no teto de palha onde não chegava a torrente barrenta. Seguia com a futura baronesa-avó supervisionando a ama de leite, Fortalece teus músculos, netinho querido, para a guerra de cinco anos da Bahia. Como minha avó sabia que a guerra ia durar cinco anos?, interpelou o barão. Tem razão, não podia saber, mas, de fato, como durou somente um ano, deixemos assim, para quem é bacalhau, basta. Está se referindo à minha avó? Imagine.

A vantagem de começar pelo passado, insistiu de novo Manoel Sombra, é que finjo não saber hoje o que já sabia ontem: a saber, um terço da minha tropa, no cerco de Pirajá, era de mulheres. Samíris suspende as anotações, Por que não aproveita e fala aqui sobre Maria? Falo, falo, mas veja lá o que vai escrever. Será a sua vontade soberana, nem mais uma linha.

Terminada a guerra, me casei, por conveniência, com a primogênita do senador Acaiaba, escrevedora de versos e um mau hálito que o senhor não imagina. Não deixei Maria desprotegida. Mandei tirar seu pai e irmã do caminho, queriam sempre mais dinheiro, o velho chegou a me pedir, com todas as letras, uma indenização pelos três vinténs da filha que papei, além de tê-la metido na guerra. Ela acabou por se arranchar com um furriel, Antônio Gurgel de tal. Era um casal valente, admirável. Com ajuda de uns pretos entraram na minha fazenda, enquanto estávamos em Salvador, levaram todo ouro, joias, relíquias, cagaram em nossas camas, na mesa de jantar. Mandei iniciar a perseguição, foram pegos nas cercanias de Pirapora. Era uma vez. Recuperou o ouro?, perguntou o biógrafo. Nem um grama, engoli minha raiva, minha cabeça branqueou, tive gota, Autoriza o barão narrar essa infâmia?, Não, Por quê?, Já saberá.

    Na visita a Salvador, o representante do imperador me havia pedido enviar à Corte uma das mulheres combatentes da guerra. Seria condecorada pelo imperador, heroína da pátria alvorecente. Já tinham escolhido Maria que fora de fato incomparável. Como eu ia enviá-la à Corte, por minha conta, se tinha me roubado mais o amante? Mandei outra, um bocado parecida com ela, magra e tentadora. Na sua fé de ofício fiz constar a tomada de Pitangueiras e a captura do major Trinta Diabos. Cabe agora ao senhor inventar como foi recebida na Corte.

    A heroína — anotou Samíris, esquecendo o acima contado —, analfabeta, aproveitou a viagem para aprender a assinar o nome e dizer um pequeno discurso, caso o imperador lhe concedesse a palavra na cerimônia, Em nome das bravas mulheres desse imenso Brasil, vos saudamos augusto Pedro, convosco *raiou a liberdade no horizonte, ou ficar a Pátria livre ou morrer pelo Brasil*. Passou a Pedro Primeiro uma lista de cativos de Cachoeira para libertá-los, se ele a quisesse recompensar com alguma coisa. Era boníssima. Dormiu nos aposentos da preceptora inglesa do imperador, fumaram charutos lado a lado, antes de pegar no sono.

O sangue dos Albuquerque era ruim, de fato. O primogênito de Sombra, Ramirinho, também amava batuques. O pai o tirava de estripulias, o despachou diversas vezes para Salvador e São Paulo, nesta para estudar Direito. Lá duelou à morte com um estudante, de quem comprava, com cinismo, poemas à amante comum. O pai o trouxe de volta, Faça suas artes aqui, sob minhas vistas. A última aventura fora uma viagem ao Daomé. Enchia a boca pra contar, jogando para trás a cabeleira ruiva fedendo a fumo, as mortes que evitou, comprando a bom preço moças e rapazes destinados ao sacrifício, revendendo-os mais tarde a bom preço. Com esse capital, iniciou a importação de fumo da Bahia.

Ramirinho conhecia perfeitamente os trambiques de Manoel Sombra, culpava-o pela morte do irmão caçula sob uma carcaça de boi, zombava dele na presença de visitas. O pai acabou por expulsá-lo, Ramirinho foi viver no terreiro de Mamum. Exceto pela ociosidade, levava vida de negro, com duas ou três pretas servindo-o de cama e mesa. Farrista, cavalgava nos fins de semana a um batuque em Maragogipe. Foi ele o moço ruivo que surpreendera o potenciário em casa de Mamum que, sabe o leitor, era o sacerdote-artesão autor do primeiro touro de pau a desfilar no Paraguaçu, por encomenda do bei Umar Rashid e que morrera, Mamum, não o saudoso bei, ao tomar querosene por cachaça no meio da noite. Não custa lembrar, nessa história tão abundante em personagens secundários.

A COROA E
O LAÇO DE FITA

1

Não foi Ápis a única atração da inauguração da ponte. Salvador contribuiu com o envio de uma companhia teatral. Na fábrica maior de charutos se improvisou uma sala para a adaptação do drama *Paulo e Virgínia*. Foram três meses de casa cheia, fumarenta, infernal. Havia mesmo nos últimos lugares alguns pretos libertos. Os entendidos locais discutiam se o clímax do espetáculo era quando Eugênia dava as costas ao público para um beijo no amante bronco e inseguro, ou a cena final em que ele se atira como boi doido ao cenário de pano, imitando ondas, para salvar Eugênia (Virgínia).

Coincidiu que um moleque surrado e besuntado de mel fora amarrado ao pelourinho. O castigo era ser lambido por todo boi que passasse. O moleque se cagava de rir, se retorcia pedindo compaixão. Eugênia rogou que o soltassem. Não atenderam. Então,

Ramirinho, que esperava se deitar com ela, deu fuga ao garoto de madrugada. Já no café da manhã foi ao hotel alardear a façanha, preparou um discurso em que dizia do risco corrido por ela, só por ela, mas Eugênia não o recebeu, alegou indisposição e antes do meio-dia partiu com sua trupe. A soltura do rapaz e a partida dos artistas foram atribuídas a negros, o pau cantou em várias fazendas.

***

Milhares de quilômetros dali um fato ou, se preferir o leitor, uma sequência deles, de novo faria girar a roda ou, pela insignificância da criatura em tela, o parafuso do destino de Ramirinho, num lugar do cosmo ainda não descoberto, em que operam essas monumentais engrenagens.

Giuseppe Garibaldi avistou, do barco que libertaria o sul do Brasil, uma garota seminua correndo e cantando na praia. Desembarcou, sem cavalo e sem espora. O marido, um velho carpinteiro sem dentes, não esboçou reação quando o guerrilheiro lhe comunicou, Quero levar esta menina. Apenas acendeu o cachimbo e com um sinal de cabeça consentiu. Eis Anita, moça de um só vestido, descalça, se atirando nos braços do herói, caminhando pela praia, já de grinalda e botas, para o desígnio de libertadora dos povos. Te vi do mar, depois te banhaste nua na cachoeira cujo rumor chegava ao barco que a partir de hoje levará teu nome, com ele libertaremos a Terra, casaremos depois. Depois de libertares essa minha terra? Não, libertaremos todas as terras. Conseguirás isso só com o barco que agora leva meu nome? Não, levantaremos um, dois, cinco mil Lagunas, onde houver homens explorados a liberdade se alastrará como a salamanca do jarau. É um bom começo, diz Anita, com a cabeça no colo do libertador, pelo menos conheces o nosso *folk-lore*. Obrigado, disse Garibaldi, te quero sempre comigo. Só tem uma coisa, suspirou ela: a que viste na praia era minha irmã.

Ramirinho mandriava em Roma quando soube do avanço de Garibaldi, desde a Sicília. Hesitou um pouco, mas acabou, num grupo de catorze norte-americanos, saindo para se incorporar ao exército libertador. Tinha ideias infantis sobre a unificação da Itália e o socialismo, insuficientes para aderir a qualquer dos dois. O grupo de ação, como se intitulavam os catorze, discutira se valia a pena arriscar a vida por aquele ideal ou se deviam aguardar o próximo. Entrementes, o guerrilheiro amado pela juventude, de um lado e outro do Atlântico, pusera-se em marcha, trazendo a mulher brasileira, fêmea de uma nova era, não mais de cozinha, mas de trincheira, e um vira-latas chamado Libertas. Garibaldi tomou Roma, mas teve de deixá-la. Encurralado pelos inimigos, que eram muitos, do papa aos austríacos, Anita sentindo as dores do parto, Garibaldi a viu morrer, mais a criança, numa fazenda de Mandriola. Guardou-lhe de torpe lembrança um anel de falso ouro, sem saber que a mulher ditara quase sem voz, um dia antes, no areal que isolava a fazenda do mundo, uma carta de despedida ao companheiro e à revolução. Anita pressentira a morte. Ramirinho ficou com o encargo de entregar a carta ao destinatário, chegou a sair em seu encalço, atravessando aldeias queimadas, córregos sanguinolentos, serranias azuladas na distância, mas a certa altura lhe bateu o juízo, ou o pânico, seguiu para o lado oposto e, antes que fosse pego por uma patrulha austríaca, queimou a carta. Decorou os períodos, as frases e as vírgulas e voltou da Itália. Nas festas cívicas, aglomerava conterrâneos num pequeno quiosque, emprestado pelo dono, cobria-o de flores do mato, alçava uma bandeira vermelha, furada de bacamarte, e recitava a carta de Anita. Arrancava lágrimas e discursos, mas poucos acreditavam na sua história.

2

Onde fosse, a trupe de Eugênia era seguida por um poeta que conhecera em Recife, o Alves, dono de uma moleca para lhe cuidar das roupas, dos recados, das comidas. Desconfiavam de que fosse mais que isso.

— sou visceralmente contra a escravidão, eu e Eugênia.

— e essa escravinha?

— é livre, pago-lhe um salário, terá um pecúlio quando eu morrer.

— não fale em morte, disse Eugênia.

— falo sem medo, a minha não tarda.

— tuberculosos duram muito.

— *se eu morrer amanhã,* quero que consolem *minha triste irmã.*

Eugênia se levantou, Alves prosseguiu:

— *eu sei que vou morrer, dentro do meu peito um mal terrível me devora a vida.*

— me conte a história dessa menina, pediu Samíris.

Maria era cria de família, a mais bela que jamais na fazenda vira a luz do dia, herança de meu tio-avô. Quando encorpou, apareceu um pretendente entre os seus, Ezequiel, nosso capataz, tipo comum de ladino. Meu pai não a entregaria a um escravo, a guardou para si e para mim, seu herdeiro. Quando Maria deu os primeiros sinais de gravidez, fugiu com Ezequiel. Era comum escravo fugir, raro por amor. Não contivemos o ciúme raivoso de meu pai. Ele armou uma caçada com dois capitães do mato, quatro ou cinco índios amigos. Resolvi me incorporar, preocupado com o velho, ao mesmo tempo torcendo para não encontrarmos os fujões. Cem dias depois, já ouvindo o roncar da cachoeira de Paulo Afonso, *era a hora em que a tarde se debruça lá da crista das serras mais remotas e d'araponga o canto, que soluça, acorda os ecos nas sombrias grotas, quando sobre a lagoa que se embuça, passa o bando selvagem das gaivotas e a onça sobre as lapas salta urrando, da cordilheira os visos abalando*, localizamos os amantes numa aldeia pankararé. Houve combate, flecharam nossos índios. Interferi para o velho não matar Ezequiel, só não o livrei do poste, ali mesmo, sob a teia fina, branca e fria da cachoeira. De volta à fazenda, com pouco nasceu meu meio-irmão, pele quase branca, como nascem os raçados. Meu pai se desinteressou de Maria, a alforriou, mandou que fosse morar num rancho no limite oeste de nossas terras, lá devia se manter por conta própria. Sabe o que quero dizer.

Um dia fui vê-la, estava mais bonita, a pele luzente. Fugimos.

— de quem?, perguntou Samíris.

— de meu pai e de Ezequiel.

É fugitivo como eu, pensou Samíris. Só que nunca amei duas mulheres a um só tempo, se em qualquer tempo amei alguma. As almas não se entendem, só os corpos. Chantal, a concubina do bei, a dos saraus de Alexandria, foi coisa de um homem de vinte anos, talvez seduzido por sua idade, quase o dobro da minha, ou pelo contraste entre seu desleixo cheirando a queijo ralado e seu francês de teatro. Bem, talvez tenha amado Doralda, querendo saber a distinção entre o belo e o sublime. Suas coxas duras, onde ela preferia gozar, indiscerníveis na escuridão do quarto, me davam a segunda sensação. Mas era bela? Ou era belo o samba de roda, energia palpável de pernas e quadris levantando poeira, cheirando a Afrodite? Há agora esse Alves, duas vezes estive por dar o passo cujo fim desconheço e temo. Na primeira, conversávamos num balcão de taverna, caímos em silêncio, fui olhá-lo de banda, ele também me olhou. Visualizei suas coxas nos pantalones apertados, sua barba muito preta, seu hálito de fumo, a crença que exibia, todo o tempo, de uma consciência fatal de gênio. Nossos cotovelos se tocaram, nos afastamos. Na segunda vez, no Recife, vimos na feira um negro com um quê de jaguar, nem alto nem baixo, carapinha rala, como se lhe tivessem aspergido pimenta-do-reino, cheiro forte de suor e dendê, a sunga mal contendo o descanso de carroça, como por aqui dizem; o rapaz nos olhou, um de cada vez, criando eletricidade entre mim e Alves. Nos recompusemos, fomos em frente, acompanhados pelo olhar daquele rapaz. Qualquer coisa me obrigou a voltar, agora estava ocupado em vender mandioca, não me olhou. Saiu andando para o fim da feira, eu fui atrás perturbado, ele sumiu num monte de bagaço não sem antes se certificar que eu o seguia.

***

Tempos depois, no Recife, onde *Paulo e Virgínia* enchia o teatro, Alves convidou Samíris a uma caçada. Foram em cinco, dois cães e quatro pretos. Estes fizeram bom serviço. Encurralaram um porco-do--mato, grande como os javalis do leste da França. Diferente do lobo, este animal morre aos urros, sem encarar o inimigo. Perdemos um cão e um preto. Alves se notou ferido no pé direito. Como, se ele caminhava por último? Além disso, seu ferimento não era de rifle, mas de revólver, não se caça com esta arma. Vasculharam o mato, esquecidos de enterrar o cão e o crioulo, a uns duzentos metros acham uma gruta, acendem uma fogueira, tocam a fumaça pra dentro, sai de lá um preto armado, os caçadores, inclusive Samíris, disparam ao mesmo tempo.

— e se não foi ele o autor do tiro em Alves?, pergunta Samíris.

— é um de menos.

— não há dúvida, estava armado.

Levam-no numa padiola de varas ao hospital onde já atendiam Alves. Ao ver o morto, Maria corre para o quintal. Alves revela, em voz queixosa, É Ezequiel, um homem de verdade, me segue há anos, agradeço a Deus sua má pontaria, seria injusto um poeta, com muito ainda a dizer em favor da raça oprimida, trânsfuga de classe como eu, morrer atirado por um rival ladino.

Alves passou por várias cirurgias, mas foi inevitável a amputação. A tuberculose de menino acordou galopante. Eugênia deixou por conta de Maria os últimos cuidados com o amante, que mal se levantava da rede. Voltou a Portugal. Maldizia consiguir ter pisado no Brasil, deixou para a mucama figurinos e chapéus. Lhe pediu colocar no caixão, cingida ao pescoço, o laço de fitas que o encantara *formosa pepita* nos tempos felizes, *quando um dia na sombra do vale abrirem-lhe a cova, ao menos arranca seus louros da fronte, e deem-lhe por c'roa meu laço de fita.*

A atriz, ruguenta, corpo agora sem curvas, buço que já não raspava, comprou um palacete em Alfama. Nas tardes de domingo, estivesse o tempo frio ou quente, paisagem nevoenta ou clara, recebia vizinhos da sua idade para olharem a baixada, agora cheia de telhados, aqui e acolá um jardim à beira-rio. Ali se dera a batalha de libertação de Lisboa, os velhos ansiavam por lhes aparecerem fantasmas combatendo pela cruz contra a meia-lua. Um deles fora guia de turistas, lhes contava, quase como litania, uma guerra de há cinco séculos, Eugênia secundava com a lembrança de brasileiros, tão falsos quanto tapados, acocorados em frente a fogareiros de carvão, fritando peixe e batata-doce em plena rua. Um outro, o Cristóvão de Jesus, ex-negreiro da rota de Moçambique, cuspia ódio aos ingleses não importasse o assunto. Haviam corrompido os pretos da contracosta, tradicionalmente ordeiros e decorosos. Falava da rainha de Madagascar, sua sócia, coçando os colhões como num reflexo condicionado. Fora preso por um patacho inglês, perdera o navio com a carga inteira. Quase no final da apelação judicial, em Serra Leoa, começou a frequentar a igreja anglicana local. Ao sair de lá certa tarde de tempestade colossal, tropeçou em dois braços negros sem corpo, ao mesmo tempo que um relâmpago iluminou uma centena deles. Correu para a igreja, já fechara, forçou a porta e, encharcado, se ajoelhou de costas para o batistério e prometeu a Deus que desistia do recurso. E, mais do que de papéis, do tráfico humano.

Do muito que ganhara, Cristóvão de Jesus tinha chácaras em Leiria, não se dava com parentes; o administrador lhe vinha trazer mensalmente a renda em dinheiro; com medo de perdê-lo, fugia de bancos. Era mal sair o funcionário e rosnar, "Se desconfiar que rouba-me, mato-te com requintes de crueldade", uma expressão dos jornais brasileiros que tinha por sofisticada. Se insinuou alcoolizado, certa noite, para a atriz no momento dos boas-noites, lhe deu um beliscão, saiu como os outros para voltar com quinze minutos, choramingando com dor no peito. Eugênia passou o trinco na porta, Vá dormir, ancião desaforado, não estraguemos nossa amizade. De manhã o acharam morto.

ASSASSINATO

1

Quando menino, Ibn Khaldun Samíris gostava de imaginar quais gentes, quais animais, quais comidas conheceria se viajasse para o norte, além do mar pequeno, ou para o sul, beirando o Nilo, ou para leste, além do deserto pequeno, ou para oeste, além do grande. Certo dia levou uma surra do pai, fez uma trouxa com alguma roupa, um cantil, um caderno de notas, atravessou a Ponte dos Hicsos, caminhou até que a Grande Pirâmide mal se distinguisse do chão. Passada uma aldeia, se juntou a uma caravana de homens soturnos, que lhe deram água mas nem um sorriso. Na certa, acabariam por vendê-lo. Ou eram caçadores de leões e o usariam como isca, sabia de casos. De madrugada fez o caminho de volta, medroso, friorento, derrotado.

Muitos anos depois, no Recife, com a morte de Alves e a aposentadoria de Eugênia, outra vez sozinho e desolado, Ibn Khaldun Samíris não tinha vontade de ir a lugar algum. Foi para a Corte. Comprou roupas decentes, encontrou emprego na redação de um pasquim, *O Bucaneiro*, de um certo De Castro, fala mansa, queixada saliente, monóculo, enriquecido com o jornal. Na rua do Ouvidor, fazendo o *fútingue*, dizia, de repente, em voz alta, a seu acompanhante habitual, Onde está a polícia que não vê isso?; era batata, sujeitos à sua frente se viravam perturbados. De Castro gozava. Era elegante. Assinava a coluna da primeira página como "Um que Sabe". Do térreo, operando a impressora, Samíris via subirem a escada sujeitos de cartola, mulheres de mantilha indo e vindo cozidos à parede do Largo. De Castro era contra a abolição da escravidão, embora filho de escravos. A maior parte da renda do pasquim vinha da chantagem. Insinuava no artigo de frente saber de crime ou simples imoralidade de um figurão. "Estamos de posse de um segredo de vossa senhoria. Jamais o divulgaríamos, no entanto. Venha à nossa redação conversar." Quase sempre era blefe. A segunda fonte eram anúncios de fugas de escravos, que redigia como um verso branco, brandindo-o com orgulho ao revisor e a Samíris, "Fugiu semana passada do abrigo carinhoso de seus donos a preta Florinda, lábios finos e roxos, taluda, de recente *délivrance*, pelo que andará ainda agora com úberes notáveis", "Fugiu a seu dono, o doutor Lustosa de Sá Bento, dia 5 do corrente, ao declinar o sol da banda leste da cidade, morador da rua do Hospício, número 124, uma escrava sua, bem-feita de rosto e de corpo, tisnada somente por uma marca de açoite na nuca. A preta é risonha, leva habitualmente sobre os ombros um xale de renda da Madeira". Por essa literatura cobrava mais caro.

De Castro era republicano para vender jornal. Atacava o imperador em quase todo número, como num triolé de primeira página que assustou Samíris, O Pedro é bêbado, burro, venal, ladrão, safado, brejeiro, sentina, infame. No Cairo, pensou o egípcio, quem dissesse do vice-rei a metade acabaria nas galés ou sem a língua.

O empacotador e distribuidor do pasquim era um moleque esperto, um tanto abusado, que De Castro comprara por uma bagatela. Dormia na gráfica, era analfabeto mas sabia, pela disposição na página, se o texto era raivoso, brando, verdadeiro ou impostura. Uma vez se enrolara na prestação de contas, desviara uns tostões. De Castro pediu a um policial que lhe desse um corretivo. Lucas aparece manco no dia seguinte, surdo e sem um dente. Por que mandou fazer isso comigo?, cobrou chorando, Só mandei lhe dar um susto, nada mais, depois não vá dizer que branco é mau.

Fato insólito alvoroçou certo dia o largo do Comércio. Numa obra de troca de calçamento, se viu num grupo de escravos com picaretas um rapaz louro. Começou uma aglomeração, funcionários desceram para confirmar a miragem. De Castro se aproximou resoluto e, como o encarregado confirmasse ser um escravo, expressou em breve discurso o estupor geral. E abriu imediatamente uma lista para resgatar o rapaz. Libertou-o.

***

Chantagens e calúnias de De Castro lhe valeram alguns sustos. Num dos números, perto do Natal, insinuava um romance entre a mulher de um comendador, médico de renome, e um engenheiro inglês da Leopoldina Railway. A mulher apareceu num fim de tarde, já no meio da escada sacara da bolsa uma pequena arma. Entrou sem bater. Lucas recortava jornais, assobiando qualquer coisa.

— cadê o filho da puta do teu dono?

Lucas correu para trás da cortina:

— viajo-jou.

— mentira.

Baleado, o menino tentou pular a janela.

A assassina fazia mira:

— cadê o filho da puta?

Samíris subiu a escada, a assassina, descendo, o derrubou. Apontou o revólver para sua cabeça, ele cobriu a cara. Ela jogou a arma no chão. Na rua a esperava um cabriolé.

O incidente levou o pasquim a aumentar espetacularmente a venda. A mulher matara pela calúnia ou pela exposição pública do adultério? A sorte de De Castro foi a asma que o prendera em casa aquele dia. Contratou três capoeiras para segurança, em tempo integral. Uma senhora se apresentou como mãe do garoto assassinado. Ele lhe prometeu uma ajudinha se comprovasse legalmente a maternidade. Ela arranjou testemunhas, trouxe de São Fidélis a certidão de Lucas, meteu advogado. De Castro recorreu de novo ao amigo da polícia, a mulher sumiu, ele pôs no pasquim o reclame da sua generosidade, informando que, por discrição, calava sobre a quantia que lhe dera, não em pagamento ou consolo, vida de filho algum se media em moeda, vários contos de réis.

Com poucas semanas voltou à escroqueria. Corria à boca pequena uma grande falcatrua na compra de material bélico pelo Exército. De Castro obteve com exclusividade alguns papéis e nomes de altos oficiais, um deles herói da guerra contra o Paraguai. Insinuou que podia devolvê-los se procurado pelos próprios, não o movia qualquer interesse material, ao contrário, confiassem no seu patriotismo honrado. Um major lhe ofereceu dinheiro em nome dos envolvidos. Castro lhe disse que a quantia estava longe da que precisava para molhar a mão dos informantes, não a dele, nunca aceitara um tostão em casos como esse, achava-os nauseabundos, só intermediava uma operação que derrubaria a reputação dos envolvidos, podendo respingar no alto comando do Exército nacional. Na segunda entrevista o major veio acompanhado de dois colegas, ou De Castro pegava o que ofereciam ou se daria mal, muito mal. Ele também ameaçou, os documentos estavam de posse de outra pessoa, fora da Corte, não adiantava matá-lo. Contava com seus seguranças, mas um morreu baleado no dia seguinte numa briga de rua. Os asseclas o alertaram de que briga de rua se resolvia a navalha, não a tiro. Tinham certeza de que a morte do colega fora coisa de militares, De Castro nem precisava pagar o salário da semana, estavam fora. O escroque foi procurar proteção do chefe de polícia. Conhecendo-o, o homem fez cara de quem avisa amigo é, lhe ofereceu para homizio o cômodo do cartório, no segundo andar. Ali estava seguro, não saísse nas primeiras semanas. Dia seguinte o convidou a almoçar numa pensão ali perto, iriam os dois mais um policial experiente. Na volta, a vinte passos da delegacia, os dois policiais se lembraram de comprar cigarro, surgiu uma malta que massacrou De Castro a pauladas. O próprio delegado deu o tiro de misericórdia.

A enfermaria de desvalidos da Santa Casa só era melhor que a dos negros. Vinham de lá gemidos, ais, palavrões. A perna baleada de Samíris já fedia a defunto, purulava. Uma noite abafada, ele sonhou, sem adormecer, que desembarcava com Chantal de um grande navio em Kornu. Estavam na proa, prontos, mas não conseguiam furar a turba que entrava, a perna o imobilizava, ele xingava em árabe, como sua mãe. Inútil. Sabia que a qualquer hora viriam matá-lo, supondo que De Castro deixara com ele os documentos que o mataram. Aquela madrugada sentiu uma mão sobre o peito. Era de uma negra de cabelos corridos, pequena, voluptuosa. Vão lhe matar esta noite, disse a estranha, Quem lhe contou?, Não posso revelar, vem comigo. Era forte. Samíris se enganchou nas suas costas, passaram pelo enfermeiro de plantão, pela portaria, chegaram à rua invisíveis. Um hindu os esperava, Samíris trocou de montaria. Foi escondido num quartinho de cortiço. Está salvo, disse a estranha, me chamo Rosa, De quê?, Rosa Egipcíaca, aquela que deu o corpo ao barqueiro para atravessar o rio e gozou.

2

Rosa passou a infância num orfanato carmelita de Mariana. Ao fazer sete anos foi mandada, toda quinta-feira, servir de mesa e cama, pelo vaso natural da frente e pelo de trás, a sacerdotes que não conseguissem, por um motivo ou outro, obedecer à interdição da luxúria. Para garantir a sua vez, o sacerdote avisava à superiora, no final da missa de domingo, Não me vá esquecer da Pecadinho.

Eram três os órfãos prodígios. Um caboclinho que cantava sonatas de José Maurício, um pretinho que atendia por Pequeno Otelo recitando salmos de David, e Rosa, capaz de repetir um sermão de cabo a rabo, em português ou latim. No Natal, o arcebispo quis conhecê-los. Enfarpelados de branco, lhe foram apresentados um a um. Antes de lhe estender a mão para beijar, perguntou a Rosa o que queria ser no futuro, talvez freira. Prefiro comer bosta, respondeu. Foi dada de presente a um padre da Corte, o Peidorreiro. Teve dele três filhos, fora os abortos. Uma noite ele lhe pediu um escalda-pés, ao pô-los na bacia se ouviu uma pequena explosão, chiado com rolos de fumaça.

O Peidorreiro chegou à glória sem pés, enquanto polícia e capitães do mato batiam a cidade atrás da feiticeira. Agarrada quatro vezes, em todas escapou, saltando por sobre os captores. O bispo mandou contratar na Colômbia o capitão Chambelu, que nunca se teve notícia de falhar em capturas, lhe deu seis meses e 30 contos para trazer a Pecadinho. Com vinte dias ele entrou montado no pátio do palácio episcopal, com tal firmeza que os cascos do animal arrancavam chispas do chão. Vinha dar notícia da empreitada, Consegui atrapar o demônio, senhor bispo, E por que já não o trouxe? Olhe, disse o caçador, e se inclinou para um lado, deixando ver a mulher, Ela agora é minha. Se vê, nesse ponto, que o hindu associado a Rosa para retirar Samíris do hospital, não o era, mas o *bushman* Chambelu. Guardando o equilíbrio, o bispo lhe disse, então:

— se é assim estamos quites, capitão, leve a bruxa e pode ficar com os 15 contos que lhe adiantei.

— e o resto?, perguntou o cavaleiro.

— Lhe dei 15 contos, faltam 15 para os 30 que combinamos, e o senhor sequer cumpriu sua parte.

— o senhor se enganou, não eram 30 contos, mas 300.

— se engana, jamais uma mulher valeria tanto, além de me lembrar perfeitamente que foram 30 contos.

— se engana, jamais uma mulher como esta sairia por 30, além de me lembrar perfeitamente que foram 300.

— 30 ou 300, tornou o bispo, tocando uma sineta chama-jagunço que trazia na cintura, o negócio não foi feito, não lhe cobro o adiantamento que fiz, faça dele bom proveito.

— o serviço foi feito, a mulher está aqui, e de novo, inclinou o corpo para mostrar Rosa.

— inda que fosse verdade, não tenho 300 contos, pode partir, faça bom proveito da mulher, penetrei-a quinhentas vezes pela frente e pelo oitão, pelo salão e pela porta de serviço.

O *bushman* atirou no punho da rede episcopal, estatelando o outro.

— tenho ele na mira, se reagirem, não salva nenhum.

Rosa desapeara e à simples olhada incendiava as armas dos sicários.

O sacerdote entrou no palácio, voltou com um pacote de notas.

— tem 500 contos.

— combinamos 300, concluiu Chambelu, dê o troco pras almas flutuantes.

Os jagunços, sob cajadadas episcopais, catavam as notas espalhadas. O bispo abriu a caixa de palavrões, canganho, cipuíno, gabiru, lascado, filho de uma quinhenta, que a si mesmo se referiam.

***

Morando com Chambelu e Rosa Egipcíaca, num cortiço, Samíris levou vida de vadio. Um único lampião enchia o pátio de fantasmas enquanto na varandinha, cheirando a urina de cão, o bandido narrava suas vantagens de foragido infantil, matava a dinheiro ainda de calça curta, temido por boxear como adulto nos anos de reformatório. Seduziu a filha do juiz Amâncio Zapata, para afastá-lo, ele o acusou de se apossar da caixa em que a menina guardava vinte e doze diamantes, seu dote. Chambelu, debaixo de muita pancada, confessou o roubo, então exigiram que dissesse onde o escondera. Sendo mentira, recomeçaram as porradas, que o deixaram para sempre surdo e manco de uma perna. Sua vida em Barranquilla, tristonha e quase deserta, lhe ficou impossível. Samíris viu que Chambelu tinha personalidade de suserano. O egípcio também lhe contou a vida errante, as fugas, o nojo da vida de escravo sexual, a personalidade assumida de farsante na Bahia, onde pensara ser esquecido do mundo. No final, pedia ao casal para deixarem-no partir, Ficas aqui, lhe dizia Rosa, você é meu e boi não lambe. Podes ir, secundava Chambelu, olhando-o como criança, só espere fortalecer os *muslos*. Entravam no quarto, separado por uma cortina de chita. Rosa engravidou, Chambelu lhe deu uma surra, desconfiado de Samíris. Mandou uma carta para a polícia revelando o próprio endereço e se escafedeu cedo de manhã. Samíris, por sorte, também saiu, a bruxa que desapontara o bispo foi pega sozinha, arrastada para o calabouço, sumiu das vistas desse mundo.

NOITE NO CAIS

1

Uma baiana com tabuleiro nas barcas não podia ver aquele mulato claro, alto, pernas ligeiramente arqueadas:

— acho que conheço o doutor.
— duvido.
— o doutor não morou na Bahia?
— há tanto tempo que nada lembro.
— não lembra ou esqueceu? Em Cachoeira tinha um estrangeiro com o seu jeito. Fui amiga de Samiraia.
— quem é?
— sua filha, há de crer.
— se engana, não tive filhos, a ninguém legarei o fardo da existência.

A mulher compreendeu logo.

— o senhor fugiu com os artistas, não conheceu ela.

O coração de Samíris disparou.

— conheceu de verdade uma filha minha?

— sou feita de Mãe Doralda, lhe dou minha palavra.

Ibn Khaldun caiu num vazio semelhante ao primeiro estágio da embriaguez. Passaria ao vômito, ao choro, à briga, ao cambaleio como numa estrada sem chão. Ou para um realismo solar em que tudo parecesse regrado, cada coisa em seu lugar e hora. A filha que desconhecia vinha pela voz cantada da mulher, se instalava no catálogo geral das coisas. Podia ser indiferente?

— como se chama?

— Samiraia, já lhe disse.

No mundo alguém tinha seu nome. Não a conheceria, retornaria daqui para o Cairo, não era o Judeu Errante, nenhum crime cometera contra qualquer deus para andar sem bússola pelo mundo. Não se chamasse Ibn Khaldun Samíris, não tivesse lido D'Alembert, Batutá, bebido absinto nos salões de Alexandria, não fosse um embalsamador de ideias, reles aprendiz de filósofo em Roma, escravo sexual no Daomé, fosse qualquer coisa diferente do que era, besta ou gênio, um daqueles homenzinhos de turbante e sunga carregando pedras para pirâmides, tijolos para os palacetes franceses do Cairo, sem ventres, por desnecessários, ou o decifrador da Roseta, que se arrependeu amargamente, conheceria a brisa no rosto chamada felicidade. Reconhecia nunca ter dado importância a pessoas, em Cachoeira só amara um cão, Anúbis. Ah, amara, malamara, desamara, sempre e até de olhos vidrados amara uma mulher, cujo nome sabe o leitor.

***

Em Salvador, ao procurar o saveiro que, no seu tempo, subia o Paraguaçu, deu com um vapor macota, cheirando a estaleiro. Antes de embarcar avistou com melancolia dois barcos semiafundados na lama, leu com dificuldade no casco do mais inteiro, *Po te do C iro*.

2

Sua cabine era decente, mas não suportou uma gravura em que um lenhador branco se depara com dois caminhos, o da esquerda, entre odaliscas, tonéis de vinho e instantâneos de baile, chegando ao inferno, o da direita, interrompido por esmolas, cânticos de louvor e capelas de oração, chegando ao céu. Viajou a maior parte do tempo na coberta, numa espreguiçadeira de lona, o rosto coberto por um chapelão de buri-do-campo.

No almoço, sentou ao lado do sujeito gordinho, pele úmida, que vendia canivetes de cortar charuto, era inevitável que fizesse correr uma amostra entre os que comiam. Um outro era representante de *fleshelaites* americanos, vaticinava o fim dos fifós em toda a Bahia, ao menos para sair à noite. Sua empresa tinha como sócio principal o clarividente governador da Bahia, popularmente chamado Salomãozinho. Um homenzinho de fino bigode negociava moedas antigas. Falava baixo, vezo da profissão, e antes de qualquer garfada corria os olhos a ver se não era observado. À esquerda do comandante, se sentara um sírio bundudo, bem encarado, de vez em quando pedia licença para esticar as pernas, voltava rápido, Samíris tinha certeza de que era flatulência. Vendia narguilés adaptados para fumar maconha, a nova moda dos homens bons do Recôncavo, *meide* in Cairo. À direita do comandante, uma mulher simpática e doce comia às turras com a filha. Exigia que ela ao menos provasse o tucunaré; a garota, em resposta, atirava o guardanapo no chão. Um tintinho dessa moqueca. De que é? De arraia, gostosinha, não é, senhor comandante?, um petisco. Jamais, replicava a garota. A mãe se justificava com os comensais, Sempre foi assim, eu e meu marido fizemos de tudo. Leve-a à França, recomendou um professor de francês, há especialistas nessas *maladís*, aproveitavam para visitar o túmulo de Lamartine. Um só passageiro da primeira classe não tinha a honra de se sentar à mesa do comandante, um tuberculoso, todo o tempo da viagem cochilando sobre um rolo de cordas. Amarrara no braço esquálido, por segurança, o seu narguilé, embandeirado de fitas do Bonfim.

Servindo licores variados, sobre o aparador de mogno, o comandante apresentou Samíris a um casal que embarcara com três peças no porão. Samíris os vira no cais, tentara se manter longe. Nesse momento, a voz do imediato encheu a cobertura,

Homem ao mar! A garota que não comia tucanaré, nada do mar, se atirara nele. Imediatamente o vapor fez meia-volta num exagero de espuma, desceram os barcos salva-vidas, correram todos à amurada, quatro marinheiros se jogaram com boias imensas. Resgataram a garota tiritando de frio, vomitando, olhos vermelhos. Da próxima vez consegue, disse o tuberculoso do seu ninho de cordas.

Na altura de Maragogipe, um pequeno saveiro abordou o vapor pedindo socorro, o leme partira. Três ocupantes subiram a bordo. Tinham bacamartes sob a camisa. Estamos aqui pela liberdade, nenhum passageiro será incomodado, a não ser este senhor, exigimos que devolva à liberdade imediatamente os cativos que traz no porão. O homem tremia de raiva, a mulher de medo. Vieram os cativos à coberta, pularam para o saveiro, enquanto os libertadores gritavam morras à escravidão. O tuberculoso esticava o pescoço, tossia, batia palmas.

Acabada a confusão, um vizinho de cadeira puxou conversa com Samíris. Mulato disfarçado, lente de biologia no Recife, ombros redondos, míope, vinha de férias à sua fazenda. Quis saber a profissão de Samíris.

— bem, sou filósofo *clochar*.

— parabéns, mas é uma profissão *demodê*.
— depende do que chama filosofia.
— é a busca de respostas aquém e além das ciências.
— é quase a minha definição.
— só que as respostas fora da ciência não têm validade cognitiva.
— o que quer dizer?
— que a ciência expulsa para a metafísica toda especulação sobre a natureza.

Samíris puxou o chapéu sobre o rosto:
— gostaria de cochilar um pouco.
— terá tempo, disse o biólogo, estamos a sete horas e vinte de Cachoeira, veja Kant e Hegel, por exemplo, tudo o que disseram é bobagem, não conheciam matemática, química, o eletromagnetismo, nunca olharam por um microscópio, só sabemos o que podemos medir, filósofos, não digo que é o caso do senhor, jogam conversa fora.

Jogarei, então, em outro lugar, respondeu Samíris, se levantou, desceu à segunda classe. Um violeiro cantava, revirando olhos, *Teus olhos são negros, negros, como as noites sem luar, são ardentes são profundos, como o negrume do mar.*
— de quem é?, perguntou alguém.

— a música é minha, a letra do saudoso Antônio Alves.

Encostou o instrumento, contou para a plateia que o poeta muitas vezes passou fome, mestiço como nós, penou na mão de uma lúmia portuguesa sem talento e, como se não bastasse, atirara sem querer no próprio pé. E preferiu a gangrena à amputação.

3

Samíris admirou o novo cais, o casario de São Félix que subira o morro, as ruínas de uma das fábricas de charutos fundada pelo bei, a praça da câmara, agora com duas fileiras de árvores, a rua estreita da pensão de Doralda. A ponte recebera uma murada de proteção para os trilhos da ferrovia. Se lembrou do cortejo de Ápis, o touro de estrela branca na testa, atravessara dinastias e impérios como encarnação da potência inumana, saltara o oceano, sobrevivera a uma tormenta, é verdade que apenas a caveira e, previno o leitor, uma outra parte que por ora, em amor ao suspense, não revelo, para se tornar dançante num rio escuro da Bahia. Um rapaz descarregador de malas, não as dele, que há muitos anos não tinha sequer uma sacola, se apresentou como neto de Mamum.

— que tenho com isso?

O rapaz murchou, Samíris teve vergonha da grossura:

— que tem seu avô de importante?

— foi o maior artista da Bahia, o doutor nunca viu os exus de barro?

— me lembrei de uma coisa, não vi as salamandras na boca do rio.

— com o vapor desapareceram, senhor doutor. A atração de Cachoeira agora são os chifres. Nem o bispo conseguiu proibir.

Levou o egípcio à praça da Ponte. Num santuário de vidro estavam os cornos de Ápis, rodeados de ex-votos. O bei não deixara que os atirassem ao mar, escondeu-os até do potenciário, foram achados num cofre da sua mansão saqueada. Tinham três palmos e meio quando descobertos, como crescia a cada ano, atingira pouco mais de dois metros. Embuste, comentou Samíris, ácido, pouco difere de Dan, a serpente enrolada sobre a qual repousa o mundo no Daomé. O neto de Mamum não respondeu. Condescendente, o egípcio perguntou por quem morrera, quem nascera, quem partira como ele, que fato notável abalara, na sua ausência, o velho Paraguaçu.

***

— conhece sua filha, doutor Samíris?, perguntou o neto de Mamum. Se quiser, levo o senhor na casa dela.

— me deixe em paz.

Alugou um bote para subir ao sítio em que vivera. Haveria um chacal Anúbis para pesar o coração de um vira-lata chamado Anúbis? Viu de longe que haviam reformado a casa, era agora comprida, caiada, cinco janelas pequenas. No caminho de seixos que construíra se enfileiravam ilês. Virou terreiro. Não sabia o que viera fazer de novo nessa terra. O professor poliglota do navio lhe explicara a origem do nome Bahia, Ba-ria, em árabe, a formosa, não sei se sabe o senhor, viveram aqui milhares de muçulmanos negros. Seus três alunos de filosofia seriam agora professores de direito, viveriam de renda como então, não permitiriam aos filhos perda de tempo com ideias, um, talvez, recitaria Castro Alves, sairia carregado em triunfo dos teatros. Conhecera Alves de perto, era infantil, bastardo da sua classe, virou lenda, *E por que não? Se no correr da vida, tanto mal, tanta dor aí repousa? É bom fugindo à podridão do lodo servir na morte enfim pr'a alguma coisa...!* Nesses versos, Alves imagina o próprio crânio servindo de taça, ele que vomitava ao primeiro gole.

***

Samíris acordou com vontade de nadar. Nunca dispensara esse hábito, apesar da vida errante. Na Bahia, procurara um lugar à beira do rio vagaroso como seus nativos, vivendo de coleta e pesca, conseguira três alunos sem tutano, conheceu Doralda, assistiu à chegada do bei e sua ponte de ferro, suas fábricas de charuto, a companhia teatral. Reconhecido pelo potenciário, andou fugido pelo norte, São Paulo, Rio. Aashaverus sem maldição. Estava melancólico.

Saiu do rio, encontrou uma trilha, entrou na floresta. Aprendera na Bahia a diferença entre mata, estrondosa, e mato, calado. Estranhava a confusão das espécies, finas, altas, de talhe pequeno, ramadas, mais velhas que o homem, cancerosas, coqueiros, irocos, jaqueiras, parasitas tapando ou rendilhando o sol, desde antes de ele, Ibn Khaldun Samíris, ser parido num hospital do Cairo. Com pouco ouviu tiros, muitos. Quis voltar, não achou a trilha, viu alguns corpos, uma ruela de cabanas, foi atropelado por dois garotos querendo escapar, nada tenho com isso, pensava, você não é nosso, gritava uma mulher enorme, sai, sai, sai, por uma fresta Samíris viu o massacre de meninas que corriam de um lado pro outro. Mal acaba o som seco dos bacamartes, deixa a casa, retorna ao mato, dá de cara com homens armados, Não tenho nada com isso, Sei, você não é dos deles, respondeu um homem de barba maior que a cara, Mata também, disse um segundo, Pelo amor de Deus, pediu Samíris, não morrerei como negro, sou um de vocês, Pode ser, lhe responderam, não saia daqui, lhe deram um pontapé, conversamos na volta. Cercados no quilombo, subindo pelos telhados de palha, os encurralados, morriam feito preás.

***

Animula vagula blandula era o que era. O que em sua história lhe rompera o ímpeto de viver, se é que alguma vez o tivera? Quando cai o sol, Samíris senta num banco de pedra sob uma gameleira. Não está longe teu dia. Se batizasse a filha, a chamaria Aldebarã. Lembra de uma pergunta que lhe fez um empregado do pai, O tempo passa quando nada acontece? Não é pergunta para guarda-livros. Sente uma coceira no ombro, uma lagartinha pequena e horripilante, amarela, se contorcendo. Com um tapa a joga no chão, levanta a bota, vai esmagá-la quando outra e outra lhe pulam na cabeça, no braço, no pescoço. E se a morte não for o descanso? Giusti era sedutor, uma vez que Samíris lhe elogiou a gravata de seda colorida, o professor a tirou na hora, Fica melhor em você. Algumas vezes se deitaram em dois com amantes. Escreveram a quatro mãos um opúsculo, dez razões porque não acreditamos em Deus. A última era, Se ele é onipotente, pode determinar a qualquer momento a nossa morte e se vamos todos morrer, o pior, ou o melhor, que ele pode fazer é inútil. Se o sujeito que se chamou Ibn Khaldun Samíris não desaparecer? Tinha medo da eternidade. Giusti morrera de mãos dadas com quem desprezava. Um percevejo dos quinquilhões que há no mundo picou o homem velho fitando o rio.

Acordou na Santa Casa. Um médico que o conhecia diagnosticou falência renal, pediu que tratassem com especial consideração o estrangeiro que muito fizera pela Bahia. Não fiz nada, protestou. Fez, fez, não obstante sua modéstia. Antes que lhe servissem o chá da meia-noite, semanal, numa madrugada de calor, sem uma fresca, aproveitou o sono da irmã e, escorado em paredes, seguiu um batuque inesquecido. Tropeçou até lá. Toda Cachoeira já dormia, menos na praça Inácio de Albuquerque onde ensaiavam um Boi. O animal fingido arremeteu para ele, vendo que era inválido desviou para um grupo de moleques. Há anos, Ibn Khaldun Samíris não respirava poeira, se esquecera da algazarra, do odor de gente que se colava na sua pele. Quem procurava não estava ali. Cambaleou até a rua da pensão. Na porta, cumprimentou uma mulher em cadeira de palha, majestosa, como só vira em Gao. Não se reconheceram.

— Doralda está lá dentro?, perguntou.
— minha tia?
— é, Doralda.
— morreu, meu senhor.
— e Samiraia, a filha?
— já se viu tanta pergunta? O senhor é padre, é do governo?
— morei aqui muitos anos, fazia refeições nesta casa. Onde encontro Sarimaia?

A mulher demora um pouco a responder. Olha as duas pontas da rua.

— no porto, depois da meia-noite.

POSFÁCIO

Quem conta a história? É o contador da história, claro!, diriam aqueles que têm apreço pelo contado, o que se fala ou escreve dos ocorridos. Se o que dá ânimo à história foi ter buscado a verdade, se alguma há, ou ter esquecido seu valimento, com maior importância ao que se inventa, isso pouco importa. Se quem conta a história é o contador, o que interessa é contar e também o conto, sendo irrelevante, ou sem relevo, as margens que separam o fato da ficção.

Ainda podemos fazer novamente a mesma pergunta, agora presumindo haver outra resposta. Quem conta história? É o fazedor da história, claro! E assim pensariam aqueles que têm compromissos com a justiça dos homens, que não sossegam seus espíritos nervosos enquanto o mais das gentes não souberem que foi o escravo, o servo e o operário que levantaram as cidades luminosas, que construíram as estradas que fazem ligadura do mundo, a paz, a guerra, o amor e ódio. Se quem conta a história é o fazedor, o que está em jogo é o fazer, e também a feitura e o feito, sendo muito grave manter íntimos a realidade e a imaginação.

Mas existem aqueles outros que dariam as duas respostas, caso fosse necessário buscarem socorro com o bom senso ou com a oportunidade. Joel Rufino dos Santos certamente teria escolhido dizer é o contador, é o fazedor, se e quando a conveniência da história se impusesse. Mesmo porque tanto um quanto o outro têm o poder sobre a história, a que se conta e a que se faz. Sendo Rufino o habilidoso historiador, que escreveu sobre o passado deste país, que é grande e desvalido, que falou do heroísmo de Zumbi, a violência da escravização, a estupidez violenta do racismo e a alegria do futebol; sendo Rufino igualmente o prosador das aventuras do Saci, do Curupira, de Ossaim, dos indomáveis delírios e dos celestes ventos; sendo Rufino esse escritor, membro da 2ª Confraria dos Contadores e da Ordem dos Fazedores?, a história na ponta de seus dedos foi verdade e sonho, fato e fantasia, engenho e arte.

O rio das almas flutuantes é um romance em que avistamos, de um lado, de outro e no meio, essas duas margens de narração. A baía de Todos os Santos, Santo Amaro e Cachoeira aparecem com o que já se conhece por verdadeiro e o que se descobre por inventado. É assim com a Guerra de Independência que os baianos fizeram contra os lusos da metrópole, o tráfico da gente africana, trazida escravizada para a terra brasileira, fazer roça, cultura e civilização, e então Maria Quitéria, a guerreira, Francisco Félix de Souza, o traficante, Giuseppe Garibaldi, o libertador, e Anita Garibaldi, a revolucionária. Estão nas linhas desse livro a fábrica de tabaco de Umar Rashid Bei, os exus de barro da beira e as salamandras na boca do rio Paraguaçu; a mistura das gentes, o comerciante ambicioso, as putas amorosas, o dono do jornal sem escrúpulos, Doralda — que veio emprestada de Rosa e de seu Corpo de Baile — e Egipcíaca, Rosa ela também, só que a escritora negra, primeira desta Brasilândia, autora do *Amor divino das almas peregrinas*, título que é provável ter inspirado Rufino a inventar o seu. Estão todos lá, os mortos que morreram de verdade, os mortos que nunca morrerão e os mortos que nunca chegaram a viver para que pudessem ter morrido algum dia. Com os que existiram nesse mundo, por autenticidade ou invenção, o protagonista Ibn Khaldun Samarís vai de um lado ao outro das margens do rio das almas de Rufino, às vezes meio Forrest Gump, estrangeiro e tolo, às vezes meio Macunaíma, tão nosso e esperto, contando ele também suas desventuras de viajante e de exilado.

A boniteza do texto de Joel Rufino faz lembrar gente escritora de outra margem muito distante. Tanta é a lonjura que neste caso nem chamamos margem mais, dizemos litoral, com o oceano a nos separar e fazer ligadura. Dono de uma prosa poética, Rufino parece que chama para a companhia de sua viagem, de água doce e salgada, outro barqueiro da língua portuguesa, José Saramago. As palavras escolhidas com esmero de lapidador, as idas e vindas do texto, com pequenas reflexões que vão corrigindo o dito, instalando uma aparente suspeita pela própria escrita; a pontuação e a forma como os diálogos são inseridos no texto, fazendo confundir as pessoas, a primeira e a terceira; as citações de gosto erudito, com jeito quase cômico por elas, assim como o manejo do vernáculo pouco usado e dos detalhes insólitos, de ambientes e personagens, tudo a serviço de um delicioso senso de humor, às vezes debochado, outras melancólico, sempre deixando a leitura leve e divertida.

A essa altura talvez pudesse repetir a pergunta: quem conta a história? E já conhecemos algumas respostas: é o contador, é o fazedor. Mas com Joel Rufino é necessário inventar outras formas de dizer o que só parece ser a mesma coisa. Quem conta a história? Então seria preciso devolver com outra demanda: as boas histórias? Sim, só essas, só as boas!, diriam. As boas histórias só os bons contadores. As boas histórias só os bons fazedores. As boas histórias só os melhores escritores.

Rogério Athayde

fonte Vollkorn e Neutra Text
papel pólen natural 80g/m²
impressão Gráfica Assahi, agosto de 2023
1ª edição